Scrittori italiani e stranieri

Daria Bignardi

NON VI LASCERÒ ORFANI

MONDADORI

www.librimondadori.it

Non vi lascerò orfani
di Daria Bignardi
Collezione Scrittori italiani e stranieri

ISBN 978-88-04-58538-1

I edizione gennaio 2009
Anno 2009 - Ristampa 2 3 4 5 6 7

Non vi lascerò orfani

A Donatella.

A Luca, a Ludovico e a Emilia.

Orfani adulti

Al dolore ero preparata. Da ventiquattro anni, dal giorno che era morto mio padre. Anzi, da prima ancora: da quando subito dopo l'esame di maturità mi dissero che era malato, e scappai via.

Ero tornata a Ferrara solo per stare con lui la notte che morì, una notte che abbiamo passato insieme noi due.

È bello stare accanto a chi muore.

Quella notte mi era sembrato di partorirlo io, mio padre, mentre se ne andava dolorosamente: per niente sereno, per niente forte, umano come Cristo in croce.

Lei, l'ho mancata per mezz'ora, dopo che per tutta la vita non l'avevo lasciata mai, anche se non vivevamo più insieme da tanto tempo.

Sono figlia di genitori anziani, da bambina mia madre lo ripeteva sempre. Significava che avrei dovuto presto mantenermi da sola, e così ho fatto. Lei lo diceva per *fare la vittima*, in realtà le sarebbe piaciuto mantenermi fino ai cinquant'anni, se avesse potuto e se glielo avessi permesso.

Mia madre si chiamava Giannarosa ma lo zio Ferruccio la chiamava *la Gennerosa*, per sfottere le sue grazie abbondanti e soprattutto la sua indole romagnola, impulsiva e irrazionale.

Da quando sono andata a vivere a Milano, a ventitré anni, le ho telefonato o mi ha telefonato ogni dannato giorno entro le dieci del mattino. Con mia sorella Donatella dicevamo che la mamma era della Cia: riusciva a telefonarmi in Asia, in America, a Sarajevo durante la guerra, su un'isola senza telefono. Riusciva a trovarmi ovunque e io riuscivo a telefonarle da ovunque, anche molto prima che inventassero i cellulari.

Per anni la notte ho sognato di dover chiamare mia madre e non riuscire a trovare un telefono. Non che facessimo grandi conversazioni: lei voleva soprattutto verificare che fossi viva, che durante la notte una fuga di gas o un serial killer non mi avessero uccisa.

Quando poi sono nati i miei figli, voleva controllare che fossero vivi anche loro.

Ci vedevamo ogni due mesi, e poi sempre a Natale e per il suo compleanno. Non parlavamo tanto: non potevo raccontarle quasi niente per timore che *stesse in pensiero*, così le dicevo solo cose belle, o almeno ci provavo.

Non sono mai stata ottimista né allegra, quindi non credo di esserci riuscita. Le portavo libri e regali, mangiavamo al sole, ascoltavamo le chiacchiere dei bambini.

Avevamo un legame viscerale, cementato nell'infanzia.

Quando ero bambina stavamo sempre insieme: non mi ha mandato alla scuola materna per farmi dormire al mattino, diceva, in realtà per rimandare il più possibile il distacco da lei.

Faceva la maestra e usciva come una furia con la sua Cinquecento bianca alle otto del mattino. Alle otto e cinque era già a scuola: Ferrara è una piccola città.

Io stavo a casa con Rosa, la donna delle pulizie, che un giorno rimase chiusa fuori insieme a me mentre stendeva il bucato sul terrazzo condominiale. Per rientrare in casa mi calò da lassù, facendomi passare da una finestra. Mia madre quando lo seppe ci morì, ma non poteva licenziarla perché se no a chi mi lasciava? L'unica nonna vivente abitava a Bologna, mia sorella Donatella faceva il ginnasio, mio fratello Micione era un gatto, mio padre faceva il rappresentante di mangimi ed era sempre in giro per le stalle della pianura padana con la sua Millecinque carica di mangimi, portachiavi da regalare ai clienti, scatole vuote di biscotti, agende, cartucce del fucile da caccia...

Questo è la morte, oltre alla mancanza di chi non c'è più: è la vita, con tutti i suoi ricordi.

E amore. Tutto l'amore che chi se ne va ci ha dato, buono o cattivo che sia stato.

Per quello soffriamo tanto quando ci muoiono i genitori: sappiamo bene che nessuno ci amerà mai più così.

Ci piangiamo addosso, meschini.

Se muoiono di malattia è un'agonia. Se muoiono improvvisamente una sciabolata nel cuore. Ti manca un pezzo e non ci puoi credere che potrai vivere senza il loro sguardo addosso. Senza la possibilità di far felice qualcuno solo perché hai telefonato, hai sorriso, ti sei ricordato, hai fatto un gesto piccolo che non ti è costato niente, solo perché sei contenta. Solo perché esisti.

Capisci che l'unica cosa che conta nella vita è l'amore che puoi dare a chi te lo chiede, che siano i figli, i nonni o la prima persona che incontri per strada. Che essere gentili e pazienti conviene, perché quello che non abbiamo dato pesa più di qualunque cosa possiamo aver perso: tempo, divertimento, riposo.

Ti illudi che ora che l'hai capito passerai il resto della vita ad amare gli altri.

Forse lo farai. Forse no.

Micione la coda

Mi chiamo Daria Maria Atala Oliviera e sono nata il giorno di San Valentino alla clinica Quisisana di Ferrara.

La mamma mi ha partorito velocemente, *senza guardare*, e come tutte le cose che faceva *senza guardare* – di fretta e imprecisamente, come il suo famoso arrosto cucinato *senza guardare* lanciando a caso nel tegame olio, aglio e rosmarino – le sono venuta bene.

Cianotica per il cordone ombelicale attorno al collo, nera, pelosa e leggermente strabica ma sana e vitale. Molto, molto reattiva.

Che vosassa, disse la suora veneta dandomi appena nata una garza imbevuta di acqua e zucchero da succhiare per calmarmi.

Voce di gallina, dicevano mamma e sorella quando da adolescente me la prendevo e me ne andavo via protestando *con il culo dritto.*

Capise, diceva il babbo al telefono, parlando con i suoi clienti: «Questione di pochi giorni, *capise*».

Faceva il rappresentante di mangimi. Per conigli, soprattutto. Ma anche per galline, vitelli, maiali.

La sera dopo cena telefonavano a casa i clienti, per lo più allevatori veneti, e Donatella e io facevamo a gara a rispondere sperando fosse *Contadin Fortunato.*

Fortunato di nome e *Contadin* di cognome telefonava dicendo tutto d'un fiato: «Pronto son Contadin Fortunato c'è il sior Lodovico?». E io e Donatella soffocando le risate e dandoci di gomito urlavamo: «Baabbooo, c'è Contadin Fortunato al telefonooo».

Ancora oggi ci basta evocare Contadin Fortunato, che non abbiamo mai conosciuto, per ridere fino alle lacrime. Lo immaginavamo sul trattore con il cappellino bianco a visiera, in canottiera e calzoncini scoloriti, le scarpe da lavoro, le gote rosse e l'aria felice.

Il babbo guidava tutto il giorno la Millecinque sulle strade nebbiose della Bassa ferrarese, per visitare i suoi clienti.

Devo star commodo, devo andare nelle stalle, ci rispondeva quando cercavamo di convincerlo a vestirsi *più moderno.*

Portava sempre una giacca grigia spigata, con la camicia bianca e la cravatta di lana marrone o bordeaux, un gilet di lana azzurro, pantaloni grigi e mocassini neri. A modo suo era elegante, ma sempre un po' stazzonato.

Devo star commodo, devo andare nelle stalle, diceva, e si metteva quel che voleva lui.

D'estate sfoggiava polo nere o beige e in spiaggia calzoncini blu extralarge, ciabatte marroni incrociate e cappelli traforati.

D'inverno, sotto al completo spigato metteva la maglia e le mutande lunghe di lana, come quelle dei cowboy, perché «il cappotto in macchina *mi dà fastiddio, sono scommodo*».

Commodo e *scommodo* erano i parametri sui quali si basava l'abbigliamento del babbo.

Sempre che non dovesse andare a fare la guardia d'onore al Pantheon, cose di monarchici, o a una serata di gala dei suoi misteriosi ordini cavallereschi, l'ultima delle sue passioni. Allora estraeva dall'armadio di ferro della veranda abiti scuri, mantelli crociati, medaglie, e si metteva in alta uniforme.

Al referendum del 2 giugno 1946 i miei genitori avevano votato per la monarchia, come quasi la metà degli italiani, ed erano rimasti molto male quando la repubblica aveva vinto. Non ho mai capito perché i figli di due accesi repubblicani come i miei nonni Dante e Oliviero fossero diventati monarchici: forse era anche quello un modo di ribellarsi ai genitori.

Resta il fatto che la loro fedeltà alla monarchia si riduceva al tenere sulla scrivania della veranda un ritratto incorniciato di Re Umberto con la dedica "A Ludovico Bignardi, Umberto" scritta con il pennarello blu.

Il babbo era bello.

Aveva gli occhi cinesi di tutti i Bignardi, ma azzurri, e lo sguardo sognante.

Da giovane era magrissimo e nelle foto in divisa da soldato, o vestito da caccia, fissa l'obiettivo con un sorriso da seduttore. Sembrava un attore ma era totalmente disinteressato al suo aspetto, tanto che a quarant'anni arrivò a pesare più di cento chili, senza perdere il suo fascino.

Da giovani lui e suo fratello Giuseppe detto Fifo, i figli del veterinario di Castel San Pietro, erano i ragazzi più belli del paese. Erano anche ribelli, ma ribelli come si usava allora – cose di gioco e di ragazze –, e la leggenda famigliare vuole che vendessero il fieno del podere per pagare certi debiti di carte.

In famiglia si parlava spesso, ridacchiando compiaciuti, delle loro nuove conquiste.

Al babbo le donne piacevano tutte: riteneva che non essere galante con ogni signora che incontrava fosse da cafoni. Della Zita, un'amica della mamma piccoletta e con il naso aquilino, diceva che era *un bel dunèn*, e le baciava la mano guardandola negli occhi. Così faceva con Ottavia, una collega di scuola equina come una lady inglese, o con la Gladys, dalle lenti spesse e le gambone. Loro gradivano e si scioglievano davanti a lui: «Eh, com'è galante il tuo Vico, Gianna. Sempre così un bell'uomo».

Quando rimaneva a dormire fuori *per la nebbia*, Donatella e io prendevamo in giro la mamma: «Sarà con qualche contadinotta...».

Sembrava che alla mamma non importasse nulla delle eventuali infedeltà del babbo, anzi, quando i parenti scherzavano sulla sua fama era divertita.

Suo fratello Fifo e lo zio Ferruccio, suo cognato, lo chiamavano *il campione di salto con l'asta senz'asta*. Il babbo un po' si prendeva in giro, un po' lasciava intendere che nessuna gli piaceva come la mamma, un po' rimaneva sul vago.

Per come lo ricordo io, già cinquantenne, al babbo

piaceva soprattutto lavorare: la sera tornava a casa alle otto e dopo cena si chiudeva nel suo studio a scrivere gli ordini.

Il suo studio stava in veranda ed era un antro dove, oltre alla grande scrivania coperta di carte, entravano solo un classificatore a cassetti di legno chiaro, un armadio grigio di ferro e un vecchio mobile di noce scurissimo sul quale c'era di tutto: dall'aspirapolvere alle valigie, dal ventilatore per l'estate a una parrucca della mamma, da certi quadri mai appesi al fustino del detersivo, dalla gabbietta per i viaggi di Micione all'albero di Natale di plastica.

La veranda sembrava un ripostiglio, ma lui ci aveva appeso tutti i suoi diplomi: la nomina di Gran Balì del Sovrano Militare Ospedaliero Ordine di San Giorgio in Carinzia, i riconoscimenti della Camera di Commercio per l'attività di rappresentante, la qualifica di guardia d'onore del Pantheon, e vari quadretti con le sue croci e medaglie di guerra.

In una scatola da caffè, di quelle riutilizzabili in plastica colorata che usavano negli anni Settanta, teneva tutte le sue innumerevoli tessere: da quella dell'Unione della Legion d'Oro a quella della Fratellanza Garibaldina, da quella dell'Associazione Reduci d'Africa a quella del Partito liberale e anche del Partito radicale.

Non essersi laureato – ai suoi tempi la laurea contava qualcosa – gli dispiaceva parecchio, e verso i sessant'anni aveva cominciato ad appassionarsi a una serie di surrogati: ricerche araldiche e ordini cavallereschi, ma anche associazioni di ex combattenti, reduci di guerra e monarchici che una volta all'anno andavano a Roma a fare la guardia d'onore alle tombe dei re.

Ho il sospetto che in veranda tenessimo anche la cassetta per i bisogni di Micione, ma forse mi sbaglio: probabilmente ci finì solo dopo che morì il babbo, quando la veranda perse lo status di studio e divenne definitivamente un ripostiglio.

Era un posto surreale e lui ci passava ore a scrivere gli ordini di mangimi alla sua ditta di Molinella, a comporre lunghe lettere con la sua grafia inclinata e svolazzante e a sistemare la collezione di monete e francobolli.

La sera usciva dalla veranda solo per rispondere alle telefonate di Contadin Fortunato e del conte Polegato, uno dei suoi amici recenti degli ordini cavallereschi, e ogni tanto per guardare la televisione.

Il giovedì sera veniva con noi in soggiorno: girava la poltrona davanti allo schermo e guardava beato Mike Bongiorno sorridendo e facendo sì con la testa. Il dottor Inardi, il parapsicologo bolognese campione di "Rischiatutto", era la sua passione.

Mio fratello Micione dormiva sul televisore. Ogni tanto gli cadeva la coda davanti allo schermo: la mamma e Donatella urlavano a turno: «Micione, la coda!» e lui la tirava su. Poi si riaddormentava e gli ricadeva giù. Altro *Micione la coda*. E avanti così per tutta la sera.

La coda di Micione, gatto tigrato a pelo lungo trovato da mia sorella davanti al portone di casa il 21 gennaio 1966, vissuto oltre vent'anni e considerato da tutti, da lui per primo, un componente umano della famiglia, era molto pelosa. Quando cadeva davanti allo schermo non si vedeva più niente.

"La baronessa di Carini", "Il tenente Sheridan", "Nero Wolfe", "Canzonissima"... tutti visti al ritmo di *Micione la coda*. Un giorno il televisore si guastò e chiamammo un tecnico, che lo aprì per aggiustarlo. Ero piccola, ma ricordo come mi divertii quando ne estrasse una grossa palla di pelo e la mostrò perplesso alla mamma.

Nonostante ciò, nessuno si sarebbe mai sognato di impedire a Micione di dormire sul televisore, il suo posto preferito. Probabilmente l'aveva scelto perché era caldo, ma noi sostenevamo che fosse egocentrico e volesse stare al centro dell'attenzione.

Micione la coda era come *babbo la freccia*.

Quando il sabato da Ferrara andavamo in campagna a Castel San Pietro, nella villona ottocentesca dei nonni dove da piccolo-borghesi di città ci trasformavamo in signorotti di campagna, prendevamo due macchine.

Il babbo davanti sulla Millecinque prima e la Centoventiquattro poi, noi dietro con la mamma, sulla Cinquecento prima e l'A112 poi. Prima della Millecinque c'era stata una Millecento e prima ancora una Topolino, ma io allora non ero nata, e i miei abitavano ancora a Bologna.

Io da piccola ero buona, ma lagnosa: Donatella mi chiamava *Gu-Gu*, dal suono che facevo piangendo, e *Melania*, nel senso di *Melania la lagna*. Nei tragitti del sabato da Ferrara a Castello a metà strada minacciavo sempre di vomitare, allora per cercare di distrarmi lei mi faceva cantare e giocare, proprio come faccio io con mia figlia Emilia. A volte vomitavo lo stesso, altre dicevo che stavo per vomitare anche se non era vero, giusto per avere l'attenzione di mia sorella, che a quei tempi mi trattava sbrigativamente. Da bambina amava pistole e fucili e avrebbe preferito un fratello con cui giocare alla guerra a una sorellina paurosa e *Melania* come me.

Il babbo era lento e distratto: guidava a sessanta all'ora con il cappello in testa e dimenticava sempre la freccia accesa. E noi dietro a urlare *babbo la freccia*, e a sfanalare.

«Se c'è la coda sulla via Emilia vuol dire che davanti c'è lo zio Vico» scherzavano i miei cugini. Un giorno mio cugino Lorenzo, ancora ragazzino, fermo al semaforo sulla via Emilia, notò un'auto che procedeva lentamente guidata da un signore con il cappello: guardando meglio vide che era proprio lo zio Vico e che nel sedile accanto aveva una capretta bianca e nera, e altre due sul sedile posteriore. Il babbo le stava portando a Castello dove riuscì a tenerle per qualche mese in giardino, finché la nonna Atala non lo obbligò a liberarsene perché le mangiavano gli oleandri.

Quando il babbo morì e seguimmo il carro funebre da Ferrara a Castello, l'autista del carro dimenticò la freccia accesa per un gran tratto.

Noi dietro pensammo che era il babbo che ci strizzava l'occhio e diceva *fatalità*, una delle sue esclamazioni preferite.

«*Fatalità*, ero a Montecatini e ho incontrato uno di Castello.»

«Ho sognato mio fratello Fifo e, *fatalità*, oggi mi ha telefonato da Roma.»

Un'altra sua esclamazione frequente era *son rimasto*, per dire "sono rimasto colpito", mentre l'invariabile risposta alla domanda «Come stai, Vico?» era *si ruzzola*. E considerato che da anziano aveva una pancia alla Nero Wolfe, l'espressione faceva sorridere: ma penso la usasse già da ragazzo, quando ancora era *magro stellato*.

Il babbo ha guidato ogni giorno per trent'anni lungo le strade dell'Emilia e del Veneto, spesso nella nebbia, spesso addormentandosi letteralmente al volante dopo le soste per il pranzo, ma non ha mai avuto un incidente. Andava così piano che anche se finiva fuori strada, e a volte è successo, faceva in tempo a svegliarsi e raddrizzare il volante. «Meglio arrivare mezz'ora dopo ma arrivare vivi» ripeteva, e dietro alla sua Centoventiquattro grigia si formavano colonne, come dietro alle corriere sulle strade di montagna.

In pensiero

Il babbo arrivava a casa alle otto di sera e alle otto e tre minuti si cenava.

Se alle otto non era arrivato e non aveva telefonato per avvisare del ritardo, la mamma prima smaniava per una decina di minuti, poi mi infilava sulla Cinquecento e uscivamo di casa per cercarlo nella nebbia della pianura padana.

Questa faccenda era così stressante che a cinque anni imparai a mettere indietro di dieci minuti le lancette dell'orologio di casa per avere un po' di respiro prima che lei si mettesse a smaniare.

La mamma era molto, molto ansiosa.

Ansia ossessiva, diagnosticò trent'anni dopo lo psichiatra. Ma negli anni Sessanta non usava mandare le mamme dallo psichiatra, ci si adattava alle loro manie un po' come si poteva. Il babbo, passando parecchio tempo fuori casa. Io, fino alle superiori, ubbidendo a tutto quello che diceva lei. Mia sorella Donatella, che ha dieci anni più di me, sposandosi con il fidanzato dei sedici anni, che ora da trentacinque è suo marito: Stefano, ovvero *Stufilino*, come la nonna Atala, madre del babbo e moglie del nonno Dante, chiamava tutti i morosi delle nipoti.

La mia sera della settimana preferita era il mercoledì, perché il mercoledì il babbo rimaneva a dormire fuori per andare a cena a Montecalderaro, sull'Appennino emiliano sopra Castello, con *quei ragazzi*.

Mi dispiaceva non vedere il babbo, che dopo mangiato mi dava sempre un morso affettuoso sul cranio, mi abbracciava e mi chiamava *Piretto*, ma almeno quella sera si stava tranquilli: niente attesa, niente ritardi, niente orologi da sabotare.

Il mercoledì Donatella, approfittando dell'assenza del babbo, andava al cinema con *Stufilino.* Io rimanevo sola con la mamma e dormivamo insieme nel lettone.

Quei ragazzi erano gli amici d'infanzia di mio padre: il dottor Parenti, medico condotto di Castel San Pietro, aveva una casa su per i calanchi di Montecalderaro con una taverna dove *quei ragazzi* organizzavano le loro *mangiate*.

Quando era la stagione della caccia andavano a sparare a lepri e tordi, che la mamma si rifiutava di cucinare. Il mercoledì poi si vedevano in dieci o venti a Montecalderaro: ognuno portava qualcosa di buono, cucinavano tra maschi, mangiavano e bevevano come orchi e poi rimanevano a dormire in montagna.

Una volta all'anno il babbo andava a caccia in Iugoslavia, mentre in ottobre tornava sempre alle terme di Montecatini a bere le acque per il fegato.

Sapeva come divertirsi: di giorno in giro per le

sue stalle, chiacchierando con i clienti e fermandosi a pranzo in certe trattorie che sapeva lui, la sera sistemando la collezione di francobolli e le monete in veranda, i fine settimana portando in campagna la famiglia e il mercoledì sera sfogandosi con *quei ragazzi.*

Oltre alle terme e alla Iugoslavia c'erano i viaggi con tutta la famiglia in Spagna o in Francia con la Millecinque ad agosto, le serate di gala con i suoi conti e contesse dell'Ordine di San Giorgio in Carinzia, le gite a Roma per incontrare il fratello Fifo, le feste del conte Polegato a Padova. Ogni scusa era buona per viaggiare, mangiare e bere in compagnia, far festa: il babbo amava la vita e la vita amava lui, finché non si ammalò.

La mamma invece aveva solo la famiglia e la scuola.

Una vita pesante, come lei: con tutte le sue ansie, le sfuriate e il pessimismo. E quello che non poteva esorcizzare con una litigata lo rimuoveva, come per una fobia.

Morti giovani, malattie, sofferenze, disgrazie: tanto io sono attratta da lutti e dolori tanto lei ne stava alla larga, e al cinema pretendeva di vedere soltanto film patinati con *begli ambienti, bella gente e bei finali.* In televisione cambiava canale appena si parlava di qualcosa di triste e se doveva riferire qualche accidente capitato ad amici o parenti abbassava la voce, tagliava corto. E se riusciva lo ometteva del tutto perché le *faceva impressione.*

Venivo a sapere dopo giorni e giorni della morte di sue amiche care, di malattie o incidenti capitati ad amici: così come drammatizzava ogni banalità e si lamentava per ogni sciocchezza, censurava sistematicamente le cose davvero gravi e i problemi importanti.

Non credo di averle mai confidato un problema, né piccolo né grande. I piccoli li avrebbe ingigantiti e dai grandi sarebbe stata sopraffatta. Da quando non vivevamo più insieme non le dicevo nemmeno se avevo il raffreddore, e al telefono usavo mille stratagemmi per non farmi scoprire malata, se no mi avrebbe sfinita finché non l'avessi convinta che ero perfettamente guarita.

Quando ero piccola, se mi ammalavo, e avevo spesso problemi alle tonsille, mi colpevolizzava e tormentava: «Ti sei asciugata male i capelli, non hai messo la canottiera, sei uscita senza cappello...».

E mi faceva trangugiare a ogni febbre, anche quelle più banali, litri di antibiotici che mi hanno distrutto le difese immunitarie. Ne ricordo ancora l'ottimo sapore, al cioccolato.

Tutti i miei cugini ricordano sghignazzando che al mare, fino ai dodici anni, mi ha costretto a fare il bagno con la cuffia di plastica per non bagnarmi i capelli, un azzardo che secondo lei, persino in agosto, avrebbe potuto farmi ammalare.

Ho sempre attribuito questo modo di fare al trauma per la morte di sua madre: credo che da ragazzina la mamma non fosse così, ma avesse anzi una natura solare, attratta dalle cose belle, luminose, piacevoli, e che una parte di lei, la meno apparente, non sia mai cambiata. La vita l'aveva spinta a chiudersi in una gabbia d'ansia e di pessimismo che imprigionavano la sua vera indole; la vita l'aveva maltrattata, come maltratta tutti, ma lei non aveva saputo reagire.

L'ansia era la sua malattia, ma anche la sua difesa.

Oggi so che aveva mille ragioni, ma allora pensavo che lei fosse quella nervosa e mio padre quello buono, la vittima della mamma.

Ogni tanto da piccola gli chiedevo: «Babbo, perché hai sposato la mamma che è così *borsa*?».

E lui con occhi che brillavano: «Eeeh, mi son preso una cuffia, era *un pezzo di storna...*».

La mamma infatti era bella.

Bruna, alta, formosa, gambe stupende, occhi scuri, bel sorriso, gran décolleté.

Si domandava sempre come mai da due belli come lei e il babbo fossimo venute fuori io e mia sorella, graziose ma piccoline, minute, neanche l'ombra delle sue forme e del suo portamento.

A me, mi chiamava *palliduzzi.* A mia sorella, quando ogni mese aveva le sue tremende coliche mestruali, diceva che era *gialla patocca.*

Soprattutto la nostra altezza, o meglio bassezza, la lasciava perplessa.

E mentre noi ci trovavamo *obese* lei diceva che eravamo *magre stellate* come *saracche, con i gambini da merlo come la zia Tina.*

Magra stellata era il contrario di *grassa dura*: per mia madre non c'erano vie di mezzo.

A parte se stessa che trovava perfetta, anche se in realtà aveva parecchi chili di troppo, le altre donne erano tutte *grasse dure* o *magre stellate*, troppo piccole (*uno scacchino*) o troppo spilungone (*una cavalla*). Se erano buone e un po' noiose erano *gnappe*, o meglio *delle gran gnappe.*

Lei, si piaceva così com'era: probabilmente da giovane le avevano fatto tanti complimenti che le erano bastati per sempre, e poi non ci badava.

Non aveva certo tempo di mettersi a pensare al suo aspetto, con tutto quel che aveva da fare. Soprattutto per l'impegno di dover stare continuamente *in pensiero*.

Quando però era di buon umore mi stringeva soffocandomi e mi diceva che ero *la bambina più bella del mondo a fare il giro due volte, e che una bella come me c'era solo a Honolulu*.

Per anni non ho pensato al passato, ma ho guardato sempre avanti.

Per vent'anni forse, e anche di più.

Ma perdere un genitore a quarant'anni fa più male che a venti.

A venti è uno strazio, ma sei in corsa e corri. A quaranta è un dolore che non passa più.

Non potrai più decidere se andarlo a trovare o no.

Non potrai più fargli un regalo, spedirgli una cartolina, fargli una sorpresa telefonando a un'ora insolita.

Non potrai più far felice nessuno con così poco.

Con nessuno ti sentirai più te stesso come con lui.

Improvvisamente

Il giorno che è morta mia madre c'eravamo sentite al telefono come ogni mattina, verso le dieci.

Aveva una voce strana e sottile: mi ha detto che aveva dormito poco, che durante la notte le aveva fatto male la schiena.

Dopo la telefonata mi sono messa a piangere.

Mi era arrivata addosso la sensazione che quello non fosse solo uno dei rari raffreddori che lei drammatizzava fino a chiamarli *polmoniti*. «Stanotte hai avuto la solita *polmonite*?» la prendevamo in giro io e Donatella.

Ho sentito acutamente che stavolta era diverso, era una cosa seria. Era già successo che avesse qualche piccolo malessere che viveva come un dramma, deprimendosi terribilmente anche se poi le passava subito. In realtà era molto più forte di mia sorella e di me, ed era abituata a stare sempre bene.

Ho mandato un messaggio a Donatella, che a quell'ora era a scuola, e a suo marito Stefano, che è andato subito a trovarla: sembrava non ci fosse nulla di cui preoccuparsi.

Ho pensato di partire per Ferrara, poi mi sono detta che ero la solita esagerata, che non si può sempre seguire il proprio istinto, che non si può lasciarsi prendere dall'ansia senza motivo. Che non dovevo fare come la mamma e pensare sempre al peggio. Che era solo un raffreddore.

Balle. Bisogna sempre seguire il proprio istinto.

Sono andata in redazione a piedi come ogni mattina e lungo la strada le ho comprato in pasticceria una bella colomba pasquale tutta infiocchettata e gliel'ho spedita con un corriere e un biglietto pieno di baci.

Non le è mai arrivata, quella colomba, e io non ho più voluto rivedere quel biglietto, che dopo tre giorni è tornato al mittente.

All'ora di pranzo l'ho richiamata e sembrava stare meglio. Anche mia sorella era passata a trovarla. Ci siamo scambiate diversi messaggi chiedendoci se avesse preso freddo, se avesse l'influenza. Come al solito la mamma non voleva chiamare il dottore *per non disturbarlo*. Alle sei del pomeriggio l'ho sentita per la terza volta: ansimava un poco. Era già successo, ma ho avvertito ancora la sensazione gelata che fosse tutto diverso, anche se sembrava identico alle poche altre volte che aveva avuto un raffreddore o qualche linea di febbre. Si spaventava sempre moltissimo, faceva la voce tragica: non era proprio abituata a stare male.

Le ultime parole che mi ha detto sono state: «Emilia? E Ludovico?».

Chiedeva sempre di loro, voleva sempre sapere dove erano i miei bambini, cosa facevano, chi li andava a prendere a scuola. A volte mi seccavo perché mi sembrava una mancanza di fiducia, come se in assenza delle sue raccomandazioni io non sapessi *custodirli.*

Sentimenti da figli.

Da mettere nella lista dei sentimenti che non potrò provare mai più.

Dopo quella terza telefonata ho chiamato per l'ennesima volta mia sorella, insistendo perché sentisse un medico.

Lei pensava sempre fosse il raffreddore che quell'anno non le era ancora venuto. I suoi raffreddamenti erano sempre difficili da gestire, perché la mamma complicava ogni cosa: chiamare il medico e prendere medicine, anche solo un'aspirina, le sembravano imprese sovrumane.

Aveva rimandato per anni un'operazione ambulatoriale per togliere una cataratta e quando era stata costretta a farla l'aveva affrontata come se dovesse fare un trapianto di cuore, con sceneggiate, tragedie e lacrime.

Alle nove di sera ha suonato il telefono di casa e ha risposto Luca. Era Stefano, da casa della mamma: diceva che la guardia medica, sospettando un'infezione alle vie urinarie, aveva consigliato di portarla in ospedale.

Non sembrava ci fosse da preoccuparsi, ma per prudenza la stavano accompagnando in ospedale in macchina.

Il cuore ha cominciato a battermi veloce. Come un automa ho buttato in valigia tre cose per la notte e telefonato alla baby-sitter perché venisse a dormire da noi. In meno di mezz'ora correvamo sull'autostrada.

Sapevo che non l'avrei più rivista viva.

In viaggio ho cominciato a chiamare freneticamente chiunque, dal mio compagno di banco del liceo al sindaco di Ferrara incontrato una volta alla presentazione di un libro: a tutti domandavo se conoscessero un medico al pronto soccorso che mi potesse spiegare cosa stava succedendo veramente.

Mia sorella intanto diceva che l'avevano portata in rianimazione. Io con la mano sinistra stringevo la mano di Luca e con la destra telefonavo al responsabile del pronto soccorso, a mia sorella, al mio compagno di banco, a mio cognato, e fissavo la notte sull'autostrada completamente libera davanti a noi. Erano le dieci di sera, era lunedì, non c'era nebbia, né traffico, né stelle.

Abbiamo volato su quell'autostrada, ma quando siamo arrivati la mamma era morta da mezz'ora.

Il pronto soccorso dell'ospedale di Ferrara era deserto, era passata da poco mezzanotte.

Donatella e io ci siamo incontrate in un corridoio silenzioso, sotto la luce al neon. Ci siamo abbracciate forte. Mi ha raccontato piangendo dei momenti concitati del viaggio verso l'ospedale: pochi minuti da casa della mamma a lì. Ha detto che la mamma parlava, che non sembrava tanto impaurita né sofferente, che all'arrivo le avevano misurato la pressione e non l'aveva nemmeno alta.

Poi nel silenzio spettrale dell'ospedale a quell'ora di notte siamo andate dal medico che l'aveva soccorsa, una signora sui cinquant'anni piccola e robusta, i capelli nerissimi e ondulati sciolti sulle spalle, l'ombretto viola acceso sulle palpebre.

È stata lei l'ultima persona a parlare con la mamma, e dopo averci detto cosa era successo ha aggiunto che dalle poche parole che si erano scambiate aveva capito che era molto simpatica.

Le sono stata grata per averlo detto. Alla mamma sarà piaciuta, la dottoressa con l'ombretto viola. Le sono sempre piaciute molto più le donne degli uomini, soprattutto quelle brune, e più erano eleganti e truccate più le piacevano. Di quella dottoressa avrà apprezzato i capelli neri e l'umanità: sicuramente avrà pensato *si vede che è buona di animo.*

La dottoressa ci ha raccontato che subito dopo l'arrivo al pronto soccorso la situazione era precipitata e la mamma era diventata cianotica. Che l'avevano intubata e sedata. Che era morta in meno di due ore, senza soffrire, forse per una rottura dell'aorta, forse per un aneurisma polmonare.

Abbiamo chiesto che non le facessero l'autopsia: lei non avrebbe mai voluto. Odiava gli ospedali, le operazioni e il sangue. A ventun anni, sposata da poco, le avevano tolto la milza d'urgenza, ma da allora non aveva avuto più niente di grave, a parte un banale raschiamento durante la menopausa, che lei naturalmente aveva affrontato come una tragedia.

Per il carattere della mamma la sua è stata una morte ideale: veloce, non cruenta ma drammatica, come è sempre stata lei. Una morte impaziente, fatta *senza guardare*, come il suo arrosto.

Non ero sicura di volerla vedere morta, il ricordo mai rimosso di mio padre mi frenava.

La dottoressa mi ha detto: «Decida lei, ma se fosse la mia mamma io vorrei vederla». Ancora la ringrazio per quelle parole. Soprattutto del fatto che abbia detto "la mia mamma", come una bambina.

Non era più la mia mamma quel corpo già rimpicciolito sotto il lenzuolo, quel volto bluastro con gli occhi serrati e le labbra tirate dentro la bocca, la testa con i capelli in ordine perché era stata dalla parrucchiera pochi giorni prima, la fronte ancora tiepida che ho subito baciato. L'abbiamo abbracciata, baciata, accarezzata, chiamata "tesoro" e salutata, ma lei non c'era più.

Poi siamo andati a casa di Donatella a bere una camomilla, per stare ancora un po' insieme, per non separarci subito, per ripeterci ancora una volta tutte le parole di quella sera e di quella giornata. Ci guardavamo in faccia cercando l'una nell'altra la prova che fosse successo davvero. Non ci potevamo credere. Non poteva essere successo veramente. Non alla nostra terribile e temibile madre, inaffondabile e immortale.

Più tardi Luca e io siamo andati al solito albergo dove stiamo a Ferrara, erano le tre di notte passate.

Ho pianto fino al mattino in un delirio di frasi, singhiozzi e lacrime, riuscendo a dormire solo pochi istanti.

Al risveglio ci siamo dati appuntamento con Donatella e Stefano all'impresa di pompe funebri: il funerale sarebbe stato due giorni dopo.

Ho dettato il necrologio e abbiamo scelto la cassa più bella: chiara e lucida, foderata di raso rosa pallido. A noi piaceva più l'azzurro, ma il responsabile delle pompe funebri, un uomo altissimo con i capelli bianchi, ci ha detto con sicurezza che l'azzurro era da maschio ed era meglio di no.

Poi siamo andati a casa della mamma.

Prima di salire con gli altri nella casa vuota ho fatto un giretto nei dintorni. Volevo camminare sui suoi passi quotidiani, guardare quello che vedeva lei, respirare la stessa aria e ascoltare gli stessi rumori, volevo tenerla ancora un po' con me. Mi sono incamminata sul percorso che faceva ogni giorno per andare a bere un cappuccino al bar.

Le nostre telefonate del mattino trattavano sempre l'argomento "cappuccino". «Sei andata a bere il cappuccino? Vai a bere un cappuccino» la esortavo, perché facesse almeno un po' di esercizio quotidiano quando d'inverno tendeva a impigrirsi e a non uscire ogni giorno.

Era un bar aperto da poco e non l'avevo mai visto, una latteria gestita da una signora di mezza età. Cercavo tracce della mamma in quella donna che la incontrava tutti i giorni, mentre io la vedevo solo ogni tanto. Ho chiesto un caffè e le ho detto che quella notte era morta mia madre, l'ho descritta: una signora di ottantaquattro anni, bruna e un po' grossa, alta, abbronzata, che ogni mattina andava lì a bere il cappuccino. Lei ha faticato a capire: ha detto che conosceva una signora che corrispondeva alla mia descrizione, ma le aveva detto di avere settantotto anni.

Mi è sembrato bello che la mamma si fosse calata gli anni: in effetti non dimostrava per niente la sua età.

«Io la chiamavo zia Ada perché assomigliava a una mia zia. Mi raccontava che ogni tanto andava a Milano da sua figlia» ha detto lei.

Questa faccenda della zia Ada mi ha infastidita. Mia madre aveva una personalità così forte, era la famosa Giannarosa capa di tutte le maestre, amata e temuta da tutti, mica una zia Ada qualunque.

L'incontro con la lattaia non mi ha dato soddisfazione, chissà cosa mi aspettavo da quella donna. Che fosse una fata buona, e mi rivelasse chissà quali segreti belli sulla mamma. Che le avesse voluto bene e fatto compagnia. Invece non era neanche tanto simpatica.

Uscii dal bar ripercorrendo i passi che doveva aver fatto la mamma, cercando di assorbire tutto quel che aveva visto fino al giorno prima: il sentierino che attraversava il prato spelacchiato, la fila di platani, i cassonetti per la raccolta differenziata, la pista ciclabile.

Tranne la pista ciclabile e la raccolta differenziata era tutto identico a quando, quarant'anni prima, io facevo la stessa strada ogni mattina per andare alla scuola elementare Corrado Govoni. Ricordo i miei piedi con i calzini bianchi nei mocassini neri. Calpestavo lo stesso sentiero, lo stesso prato spelacchiato, inciampavo nelle stesse radici. Allora mia madre aveva l'età che ho io adesso, ed era appena uscita di casa con la sua Cinquecento per andare alla sua scuola, che era dalla parte opposta della mia.

Non ho ricordi dei miei risvegli. Arrivavo in classe con i calzini sempre giù e il fiocco storto sul grembiule. Non portavo la merenda: la mamma mi dava i soldi per comprarla al bar perché non aveva tempo né voglia di farmi un panino, e nemmeno le trecce o i codini come avevano le mie compagne di classe.

Invidiavo Dalida Zabini, figlia di una casalinga, che al venerdì portava addirittura il panino con il tonno. O la mia amica Susanna Rizzi, che aveva i capelli biondi acconciati in un'impeccabile coda di cavallo e indossava grembiuli immacolati e fiocchi stirati alla perfezione.

Il fiocco scelto dal mio maestro Eros Benetti aveva i colori dell'arcobaleno, un fiocco della pace ante litteram, e a me sembrava brutto in confronto ai bei fiocchi bianchi o blu delle altre sezioni.

Avrei voluto una mamma più ordinata e più attenta, da bambina, ma nello stesso tempo mi godevo il mio disordine e il pacchetto di patatine o il panino al salame che mi compravo da sola al bar. Il panino al tonno che invidiavo a Dalida non l'avrei mai mangiato, e la coda di cavallo mi avrebbe dato fastidio, come dà fastidio a Emilia alla quale cerco inutilmente di farla ogni mattina. Ha cinque anni, ma sa già la storia di famiglia e se io protesto dice *devo star commoda, devo andare nelle stalle.*

Decisi di passare dalla parrucchiera Lidia dove la mamma andava tutte le settimane, nella strada accanto.

Era un negozio antiquato, deserto e pieno di piante. Donatella e io la spingevamo ad andare ogni settimana a *farsi la testa*, perché sapevamo che era una distrazione e che la Lidia le era affezionata. Per lei aveva fatto mettere un maniglione sulla porta perché potesse salire il gradino del negozio con più sicurezza. Ogni venerdì le chiedevamo *sei andata dalla paru?* e *ti ha fatto una bella testina?* prendendola in giro per la pettinatura un po' rigida e antiquata che la parrucchiera le imponeva. Se ci era andata era sempre un buon segno.

Ho aperto la porta del negozio, Lidia era sola. Una signora di sessant'anni con la frangetta da ragazza e gli occhi buoni. Le ho detto che quella notte era morta la mamma e lei è rimasta immobile.

Con le lacrime che cominciavano a rigarle di mascara le guance mi ha raccontato di averla vista tre giorni prima; l'aveva trovata allegra perché era stata da poco a Milano da me.

Ci siamo abbracciate e abbiamo pianto.

Lei non mi ha deluso. Con la mamma si conoscevano da oltre vent'anni, da quando la storica parrucchiera Rosina, che aveva la fila delle poltrone con i caschi in salotto, aveva smesso di esercitare.

Lidia non aveva figli e descriveva alla mamma il carattere di ognuno degli animali che teneva in campagna e la mamma li raccontava a me chiamandoli per nome: il gatto Arapaho che ogni tanto veniva tinto di blu o di rosa, cani, conigli, persino una scimmia e un pappagallo. La mamma ci ricamava sopra dei romanzi.

Alla mamma piacevano le persone *zoofile* e diceva sempre che erano *buone di animo*, mentre quelle *non zoofile* non lo erano.

Poi ho raggiunto Donatella, Stefano e Luca in casa. Il letto era sfatto. La sera prima lei era ancora lì.

Genealogia

La vita di nostra madre da ragazza era un mistero. Ne parlava poco, come se la sua vera storia fosse cominciata solo dopo che aveva conosciuto il babbo.

Alludeva a sua madre Adele, morta di tumore allo stomaco quando lei aveva solo diciannove anni, come a qualcosa di troppo doloroso per poterne parlare, anche dopo cinquant'anni.

Raccontava più volentieri di suo padre, mio nonno Oliviero Bianchi.

Il nonno era nato nel 1882: è vissuto ottantatré anni. Io ne avevo quattro quando è morto ma ricordo benissimo il suo cranio calvo e abbronzato, che rasava ogni giorno come usa oggi fra i trentenni che iniziano a perdere i capelli, mentre si china su di me sorridendo per darmi un bacio.

Quando andavamo a trovarlo a Bologna gli portavamo in regalo una scatola di Toscanelli. Abitava in una grande casa con la zia Olga, la sorellastra più amata dalla mamma. C'era un bel giardino e durante quelle visite Donatella giocava a calcio con i cugini maschi, mentre io stavo in casa con le femmine.

Il nonno Oliviero era molto fiero delle sue idee repubblicane e anticlericali. Sua moglie Adele invece era religiosa e monarchica. Quando parlavano di politica, per chiudere la discussione gli diceva: «È inutile: voi, Bianchi, siete un massone».

Il nonno era notevole anche nell'aspetto: in tutte le fotografie indossa panama e completi chiari, con un fiore all'occhiello o un fazzoletto nel taschino della giacca, e calza elegantissime scarpe bicolori, alla *Grande Gatsby*.

Fumava il sigaro Toscano e guidava macchine di lusso, che allora erano una rarità: più che un banchiere sembrava uno scrittore decadente, un Gabriele D'Annunzio alto e bello.

C'è una sua foto al volante di una fantastica automobile Ceirano, con il fratello Bruno seduto sul predellino che impugna il fucile da caccia e tiene una lepre intorno al collo.

Su questo trofeo di caccia io e Donatella abbiamo molto discusso perché a me sembrava un pollastro o un galletto, mentre lei giurava fosse una volpe o come minimo una lepre e trovava poco rispettosa la mia attribuzione.

Abbiamo avuto un corposo scambio di mail intitolate *È una volpeeeeeeeee!* o *È un pollo*, fino a che abbiamo convenuto si trattasse di una lepre. *Genealogia!*

Il termine *Genealogia!*, pronunciato con enfasi, era l'esclamazione preferita dello zio Fifo, fratello minore del babbo, quando vantava le discendenze famigliari che secondo lui imponevano a noi ragazze Bignardi di *sposare soltanto un principe.*

Questo zio era un personaggio. Gran giocatore e playboy in gioventù, cantava e suonava il piano e si attribuiva flirt famosi, tra i quali uno con Silvana Pampanini: conserviamo una fotografia di loro due abbracciati, spedita dall'America. Diventò generale in aviazione e fu tutta la vita *il Generale*: un ironico istrione, retorico e trasgressivo al tempo stesso. Conversatore raffinato quanto il babbo era di poche parole, lo zio Fifo era venerato da mio padre, che forse avrebbe desiderato avere il suo eloquio alla *Conte Max.*

Ancora oggi noi esclamiamo *Genealogia!* per sfottere le velleità nobiliari dei Bignardi, alle quali la mamma aveva nel tempo aderito nonostante fosse l'unica che poteva veramente vantare il famoso quarto di sangue blu, peraltro ripudiato da suo padre Oliviero nel suo ardore repubblicano.

La mamma ci ricordava il suo quarto di sangue nobile con lo stesso tono con il quale il babbo diceva *devo star commodo, devo andare nelle stalle*: una fiera affermazione di sé, una constatazione capricciosa.

Ho un quarto di sangue nobile, io. Sottinteso: non come voi *besctie* Bignardi.

Il nonno Oliviero era marchigiano, di Cingoli. Sua madre, donna Francesca Possenti, veniva spesso citata dalla mamma con orgoglio in quanto nonna nobile e per di più maestra, come lei.

Per la mamma, pure legatissima ai Bignardi, dal nonno Dante del quale era la nuora preferita alla zia Annalena di cui era amica, i Bignardi erano *besctie,* mentre i Bianchi gente colta e *buona di animo.*

Lei ha sempre diviso le persone in due categorie: i *buoni di animo* e gli *egoiscti.*

Egoiscti! pronunciato con la *sc* e il punto esclamativo finale eravamo io, il babbo e tutti i Bignardi in genere, tranne mia sorella Donatella che era *più Bianchi.*

Io, secondo la mamma, ero identica a mio padre: *besctia ed egoiscta,* e me l'ha ripetuto così tante volte che mi ci sono affezionata.

Per spiegare a Donatella che voglio fare una cosa a modo mio, dico *devo star commoda, devo andare nelle stalle,* e lei capisce al volo.

Ovviamente la mamma metteva se stessa tra i *buoni di animo,* insieme a suo padre, a sua sorella Olga, ai suoi nipoti Bianchi, a mia sorella Donatella, ai nostri figli e al gatto Alonzo. Micione invece era *un Bignardi, besctia ed egoiscta.*

Forse per questo è sopravvissuto con lei più di vent'anni.

Vista la sua mania dei *buoni di animo* mi sono stupita quando una cugina Bianchi, dopo il funerale, mi ha raccontato che la bisnonna Francesca Possenti era nipote di un santo, san Gabriele dell'Addolorata: possibile che la mamma non ci avesse mai detto del santo, che avrebbe tanto avvalorato la sua genealogia?

L'unica spiegazione è che la storia di san Gabriele, morto a ventiquattro anni dopo una vita di lutti famigliari e tormenti, le *facesse impressione.*

La scoperta del santo, che è risultato pure un santo importante, patrono dell'Abruzzo e dei giovani, con tanto di santuari con moltitudini di visitatori, ha molto impressionato Donatella che mi ha subito scritto: "Me lo sentivo che ero molto *buona di animo*: *genealogia*!".

Andando a Roma a trovare sua figlia Annalena ha fatto il giro largo ed è passata a visitare il santuario di San Gabriele dell'Addolorata ai piedi del Gran Sasso. Mi ha mandato le foto scattate con il telefonino ai ritratti dell'albero genealogico del santo e secondo lei il nonno del nonno Oliviero, cugino del santo, aveva decisamente lo sguardo di famiglia, da *boia d'un giuda*, che nel lessico famigliare voleva dire da seduttore un po' figlio di puttana, genere Marlon Brando. Il contrario di un *sanluigigonzaga*, uomo tranquillo, devoto e casalingo.

Per raccontare la *genealogia* del nonno Oliviero bisogna ripartire dalla nipote del santo, la bisnonna maestra Francesca Possenti, che aveva sposato il veterinario di Cingoli Pacifico Bianchi.

Pacifico, praticamente ignorato dalle cronache famigliari, le fece fare tre figli maschi e morì.

Il nonno Oliviero era il figlio di mezzo, nato tra i fratelli Bruno e Giuseppe, detto Peppino. Raccontava che loro tre, da bambini, erano soliti sedersi in fila su un muricciolo di Cingoli in attesa che qualcuno gli chiedesse: "Di chi siete figli e cosa fate qui?".

Solo che, conosciuti com'erano da tutto il paese, ricevevano magari altre domande, ma non quella sperata, per cui non riuscivano mai a dare la risposta che si erano preparati per fare gli spiritosi: "Siamo figli di babbo e mamma e accidenti a chi ce lo domanda".

I tre fratelli Bianchi erano molto uniti. Lo zio Bruno si era laureato in Medicina a Bologna con il famoso medico Augusto Murri. Aveva sposato la zia Zena e ottenuto una condotta in Umbria, a San Gemini, che però gli fu tolta durante la guerra per le sue idee antifasciste. Scriveva al nonno Oliviero in una cartolina postale spedita il 30 aprile '45: "Noi tutti salvi, stiamo bene dopo tanto sofferto. Inglesi restituitomi condotta. Viva l'Inghilterra".

Lo zio Bruno era un mangiapreti come il nonno Oliviero. La notte prima di morire, però, sognò l'amata madre Francesca Possenti, la nipote del santo, che gli intimava di comunicarsi. Il mattino dopo chiese alla moglie sbigottita di chiamare un prete, si comunicò e morì.

Nel cassetto della mamma abbiamo trovato un suo ritratto accigliato con la scritta:

> La misericordia di Dio conceda
> al nobile spirito di Bruno Bianchi
> la pace eterna.
> La scienza che a Bologna apprese
> nella insuperata scuola medica di Murri
> con dedizione profuse
> per oltre un quarantennio,
> a sanare le sofferenze di chi gli si affidò
> ottenendone gratitudine e affetto.
> Gli ideali di civile libertà pagò
> con le persecuzioni e con il carcere,
> che ne fiaccarono negli ultimi anni
> la fortissima fibra.

A San Gemini nacque anche suo figlio Brunetto, uno dei cugini cui la mamma era più affezionata.

Anch'io ho conosciuto Brunetto, nell'ultimo viaggio che ho fatto insieme ai miei nel settembre del 1977. Un viaggio intitolato nel ricordo *Uva-uva*, perché al ristorante il babbo, al momento del dessert, pretendeva immancabilmente dell'uva e la mamma e io lo prendevamo in giro.

Brunetto era strano e si diceva che lo fosse diventato dopo essere stato morso a diciotto anni dal suo cane idrofobo, morso che lo avrebbe reso impotente. Io da bambina non osavo chiedere spiegazioni, ma immaginavo il cane che mordeva sul pisello il cugino Brunetto, anche se dubito sia andata proprio così.

Era innamorato della mamma e da giovane le chiese di sposarlo, ma lo facevano praticamente tutti gli uomini che incontrava, quindi nessuno ci fece caso. Nonostante il morso del cane, Brunetto prese due lauree e lavorava in banca a Terni, ma nelle ultime lettere scriveva di abitare presso i frati cappuccini e si firmava "Fra Brunetto Cappuccì".

Quando la mamma è morta non ho più trovato le sue lettere, che da piccola rubavo dal comò e leggevo senza capirci niente, ma un santino in morte della zia Zena, dal quale ho scoperto che in realtà si chiamava Zenobia e che era nata a Cingoli nel 1888. Sul santino c'era scritto:

> Dedicò tutta la vita
> al figlio Brunetto,
> alla beneficenza,
> al bene del prossimo e degli animali.

E questo dedicarsi al bene degli animali mi è sembrata una cosa molto simpatica, detta così. Anche se mi sono chiesta perché non si menzionasse il marito Bruno. Gli animali sì e il marito no?

Donatella-occhio di lince, come la chiamava la mamma, naturalmente l'ha scoperto: la zia Zena era gelosa perché lo zio Bruno se la intendeva con l'ostetrica del paese. Inoltre Bruno la disprezzava perché, mentre lui era coltissimo, lei era un po' ignorante, e anche zoppa. Pare che un giorno il nonno Oliviero abbia chiesto al fratello perché non le facesse operare la gamba malata e lui abbia risposto che avrebbe preferito azzopparle anche l'altra.

Il secondo fratello del nonno Oliviero, lo zio Peppino, faceva il fattore e aveva sei figli.

La mamma raccontava sempre che il nonno Oliviero, che secondo lei oltre che *bellissimo e intelligentissimo* era soprattutto *generosissimo*, aveva regalato allo zio Peppino e ai suoi molti figli anche la sua parte del podere di Troviggiano ereditato dai genitori.

Questo magnifico fondo ricco di uliveti, che sarebbe diventato anche nostro se il nonno Oliviero non fosse stato così prodigo, in famiglia veniva evocato spesso.

La leggenda dei beni perduti era una costante: a sentire i miei se il nonno non fosse stato così generoso e successivamente anche sfortunato (era proprietario di una banca e perse tutto il suo denaro nel '29) e se il babbo da giovane non fosse stato così scapestrato, noi ragazze Bignardi avremmo avuto una vita diversa.

Inutile cercare di ribattere, soprattutto alla mamma, grande cultrice dei disegni del Fato, che ognuno dovrebbe essere artefice del proprio destino: lei amava raccontarsi questa storia dei ricchi decaduti, come probabilmente hanno fatto molti di quelli della sua generazione sopravvissuti alla Seconda guerra mondiale.

Il nonno Oliviero era repubblicano, come anche mio nonno paterno Dante, e scriveva articoli di fuoco contro la monarchia sulla "Voce Repubblicana".

La cugina Daniela, che ha vissuto con lui fino alla sua morte, mi ha raccontato che, quando nel 1920 il prozio Possenti fu proclamato santo, la diplomazia vaticana, accertato che il ramo Bianchi era costituito da mangiapreti, reputò opportuno non invitarli alla cerimonia di santificazione, e che il nonno riferiva questo episodio con grande fierezza. Daniela ha fatto un'altra rivelazione: come il fratello Bruno che si comunicò dopo aver sognato la madre, anche il nonno Oliviero, pur professandosi miscredente, sul letto di morte recitò in sua presenza l'*Agnus Dei* in latino, per tre volte. Una scoperta che ha deliziato mia sorella e avvilito il ramo ateo della famiglia. La mia interpretazione è che per mio nonno, estroso com'era, quella dell'*Agnus Dei* sia stata un'uscita teatrale a effetto, e non una conversione.

I miei genitori erano credenti ma ben poco praticanti. Il babbo sosteneva che bisognasse andare a messa di nascosto alle sei del mattino, quando non ti vede nessuno, ma non mi risulta ci sia mai andato. La mamma da anziana entrava di rado in chiesa, perché probabilmente con tutti quei lumini le *faceva impressione*, anche se l'unica cosa che aveva conservato di sua madre era un libro di preghiere. Le piacevano moltissimo i papi, soprattutto papa Ratzinger, che chiamava *il Papino*.

Fino ai sedici anni, invece, a me andare a messa piaceva. A dodici ebbi anche una discreta crisi mistica, quando uscì il film *Jesus Christ Superstar*, che vidi una ventina di volte.

Con tre amiche mettemmo su un recital casalingo. Imparammo i testi a memoria, cucimmo le tuniche, facemmo le prove e poi cantammo e ballammo tutto il film davanti a qualche malcapitato.

Io, che avevo i capelli lunghi e neri, ebbi la parte di Maria Maddalena, che cantava *I Don't Know How To Love Him* ed era innamorata di Gesù. Lui, il problematico Gesù Cristo, che nel film era l'attore Ted Neeley di cui tutte e quattro noi ragazze eravamo innamorate, era interpretato dalla mia amica Susanna Rizzi in tunica bianca, mentre la mia era rosa. Alla povera Rita toccò la parte di Giuda, in pantaloni e casacca arancioni. Alberta, che aveva un anno più di noi e ora vive a Londra, faceva Ponzio Pilato.

Dopo trent'anni ho rivisto *Jesus Christ Superstar* in dvd con Luca e i bambini, una sera d'estate. Io mi sono emozionata e ho cantato a squarciagola tutti i testi a memoria; loro l'hanno trovato puerile e si sono addormentati sul divano.

Qualche settimana dopo però ho scoperto Ludovico canticchiare *Hosanna eh, sanna sanna sanna oh* e Luca ascoltare *I Don't Know How To Love Him* sull'iPod.

La figlia dell'assassino

Quando il nonno Oliviero da Cingoli si trasferì a Castel San Pietro, in provincia di Bologna, per aprire la sua Banca agricola, le famiglie castellane con figlie nubili facevano a gara per invitarlo a cena: era ricco, colto, elegante e molto simpatico. Lui accettava sempre, senza mai dire che era già fidanzato con la figlia del notaio di Imola, Maria Conti.

Quando la sposò, con tanto di carrozza con i cavalli bianchi, in paese ci rimasero male.

Ebbero due figli, poi Maria morì di Spagnola, incinta di due gemelli. "Morta a trentadue anni il 7 ottobre 1918 per breve violentissimo morbo" ricorda la sua lapide nel cimitero di Castello.

Rimasto vedovo con due figli, il nonno andò ad abitare con la suocera. Nel 1921 conobbe Adele Foresti, mia nonna, giovane vedova castellana, madre di una bambina. Quando mia madre nacque, nel 1923, unica figlia dei due vedovi Adele e Oliviero, aveva già tre fratelli: Olga e Zeno, di dodici e otto anni, da parte di padre, e Laura, di dodici, da parte di madre.

La mamma diceva di sua madre Adele soltanto che era *bellissima e buonissima*, ma non ne parlava mai.

Il babbo a volte alludeva al fatto che la nonna Adele fosse bizzarra: quando litigava con la mamma le diceva *sei matta come tua madre che andava in giro per Castello con una gallina al guinzaglio.*

La bellezza della nonna Adele, oltre che dalle foto dell'epoca, è autorevolmente confermata dalle cartoline di Ciro Galvani.

Nella cucina della casa nuova ho appeso un quadro che avevo messo insieme da ragazzina con una collezione di cartoline d'inizio Novecento trovate in un cassetto.

Ciro Galvani era un famoso attore di Castel San Pietro: lavorava nella compagnia di Eleonora Duse. Aveva trentacinque anni quando conobbe mia nonna Adele, sedicenne. La mamma diceva che perse la testa per lei.

Di certo, visto che le ho davanti agli occhi tutte le mattine, appese sopra il forno a microonde, so che tra il 1901 e il 1903 le spedì dalla tournée con la Duse decine di cartoline.

Rappresentano tutte Lina Cavalieri, l'attrice della belle époque rivale della Bella Otero. Ho trovato su Wikipedia che la Cavalieri era così bella che Gabriele D'Annunzio, dedicandole una copia de *Il piacere*, la definì "la massima testimonianza di Venere in Terra". E che dalla sua vita nel 1955 trassero un film intitolato *La donna più bella del mondo*, interpretato da Gina Lollobrigida.

Sulla prima cartolina di Galvani, datata gennaio 1901 e spedita da Venezia, c'è scritto solo un rispettoso: "Trovo che Vi somigli tanto". Seguono poi una sfilza di: "Un pensiero, un saluto" e di: "Vi penso sempre, e Voi mi pensate?" fino a un inequivocabile: "Senza rancore" del novembre 1903, da Roma, segno che la nonna Adele non gli aveva dato nessuna confidenza.

Mio padre raccontava che era stato lo stesso Ciro Galvani a notare in seguito Luisa Ferida, altra bellezza di Castel San Pietro coetanea e amica del babbo, e a indirizzarla sulla strada del cinema.

«Si vede che c'aveva l'occhio per le belle figheire» è stato il commento di mia sorella, quando in occasione del film *Sanguepazzo* con la Bellucci e Zingaretti abbiamo ricordato Ciro Galvani.

I miei genitori parlavano della fucilazione da parte dei partigiani di Osvaldo Valenti e Luisa Ferida come di una vergogna, e mio padre tutte le volte che si nominava la Ferida accompagnava il suo *povera Luisa* con un *era così un bel dunèn.*

Comunque, il Ciro Galvani *adocchiatore di belle figheire* la nonna Adele non se lo filò. Sposò prima *il povero Giuseppe Ghetti,* e quando lui morì per non so più quale epidemia si risposò con il nonno Oliviero.

Mia madre fu chiamata Giannarosa in onore di un assassino.

L'assassino, o presunto tale, era il bolognese Tullio Murri, figlio del famosissimo medico Augusto Murri, rappresentante di spicco della borghesia laica e progressista del tempo. Tullio Murri fu protagonista del caso giudiziario più discusso d'inizio secolo: si autoaccusò dell'omicidio del cognato, marito di sua sorella Linda, ucciso con tredici pugnalate nel suo appartamento di Bologna la notte del 28 agosto 1902.

Molti non credettero mai che Tullio fosse colpevole: non c'erano prove né movente, mentre sua sorella Linda aveva molti buoni motivi per desiderare la morte del marito.

Nel 1974 su quella storia Bolognini girò un film con la Deneuve e Giannini, *Fatti di gente perbene*, che non ho mai visto.

Ho letto invece il libro scritto nel 2003 dalla figlia di Tullio Murri, Gianna Rosa, nata tre anni prima di mia madre. Tra le altre cose la Murri racconta che i documenti che proverebbero l'innocenza di suo padre sarebbero stati murati e poi rubati in una villa di sua nonna, proprio a Castel San Pietro.

Nel libro – *La verità sulla mia famiglia e sul delitto Murri* – Gianna Rosa Murri non fa grandi rivelazioni, ma in compenso ricorda il cimitero di Castello, dove sono sepolti i miei genitori: "Era bellissimo. Nessun cipresso, che a quel tempo veniva considerato un albero toscano, ma solamente tigli. In primavera pareva un giardino incantato e aveva un profumo indimenticabile".

I cipressi poi li hanno piantati, eccome. E tigli ne sono rimasti pochi. Però quel cimitero a me sembra ancora un posto incantato, forse perché ci sono sepolti i miei genitori e i miei nonni, e me lo ricordo sempre uguale da quando ero bambina.

Non ci sono andata per moltissimi anni, dopo che è morto mio padre, invece da quando c'è la mamma non riesco a starne lontana per più di poche settimane. Porto con me i bambini, che hanno imparato dove si va a prendere l'acqua per i fiori e si muovono con sicurezza tra le tombe dei nonni e dei bisnonni.

Mi son sempre piaciuti, i cimiteri, ma da quando è morta la mamma ancora di più, così una domenica di pioggia ho portato tutta la famiglia al Cimitero Monumentale, uno dei primi posti di Milano che ho visitato. Lo ricordavo meraviglioso e anche questa volta non mi ha deluso. Perfino Luca, sempre restio ai riti mortuari, è rimasto incantato dall'architettura, dai monumenti funebri e dalle lapidi.

Mi ricordavo che durante la mia prima visita, ventenne, avevo provato invidia per i destinatari delle iscrizioni ottocentesche, tipo: "Alla sempre adoratissima e virtuosa moglie". Un po' come quando si legge Jane Austen e si sogna di vivere in un mondo come quello di *Orgoglio e pregiudizio*.

Questa volta invece, fresca di lutto, mi hanno colpito soprattutto due lapidi. Una diceva: "Non vi lascerò orfani", dal Vangelo di Giovanni, scritta a caratteri fascisti, l'altra: "Sublime nel dolore". Era un po' come mi sentivo io, da quando era morta la mamma.

Secondo Gianna Rosa Murri la confessione di suo padre Tullio fu una specie di suicidio, il suicidio giovanile di un ragazzo non abbastanza amato dai genitori, un *beau geste* per scagionare la sorella e conquistarsi l'affetto e la riconoscenza della famiglia.

Molte persone ai tempi della sua condanna pensarono che contro Murri avesse pesato il fatto che fosse socialista e nel libro sua figlia sposa questa tesi politica. Scrive che "i clericali si erano sempre affannati a dimostrare quali orribili effetti avesse sul comportamento di un uomo il rifiuto della Chiesa cattolica".

Mio nonno Oliviero, nel suo accanito laicismo, volle rendere omaggio a Tullio Murri, che credeva innocente, dando alla figlia lo stesso nome di quella di Murri, amatissima, nata dopo che suo padre aveva scontato sedici dei trenta anni di carcere ai quali era stato condannato. Lo zio Bruno, allievo devoto di Augusto Murri, gliene fu grato.

La mamma, anche se si chiamava Gianna Rosa, si firmava sempre Giannarosa, che le sembrava più bello e forse le faceva meno *impressione* di quello della figlia del presunto assassino.

Da sposata la mamma vide raramente sua sorella Laura, la figlia del primo matrimonio di sua madre, con la quale pure aveva vissuto fin dalla nascita.

Anch'io ho incontrato la zia Laura poche volte. Di lei ricordo che diceva di mia nonna Adele *che era così bella che quando veniva in corriera da Castel San Pietro a Bologna e la corriera fermava davanti al bar di Porta Mazzini gli uomini uscivano per guardarla.*

La bellezza di mia madre e dei miei nonni Bianchi era un tormentone di famiglia.

Più che bellissima, la mamma era una bellezza allora molto di moda, come certe attrici contemporanee che non sono poi così belle, ma hanno dei tratti che incarnano l'ideale del momento.

Di sicuro piaceva molto agli uomini: a me non è mai successo, come a lei, di venire importunata per strada o al cinema dagli *omìni,* con l'accento sulla prima *i.*

Diceva che da giovane, se andava al cinema da sola come faceva ogni tanto, portava con sé uno spillone con il quale punzecchiare eventuali *omini* che fossero andati a sederle vicino per allungare la mano, come pare accadesse spesso.

Anch'io ricordo trafelati cambi di posto, al cinema, per non farla rimanere seduta vicino a un *omino*. Gli *omini*, espressione usata per evocare omuncoli ambigui dall'aria viziosa, hanno continuato a importunarla fino a pochi anni prima che morisse. Gli *omini* si distinguevano dagli *omaracci*, uomini rozzi che bivaccavano fumando e bevendo in certi bar. Nei bar frequentati dagli *omaracci* non si poteva entrare: *per carità! Non vedi che è pieno di omaracci?*

Da anziana la mamma andava al cinema sola soprattutto al Lido degli Estensi: un'estate vide tre volte *Il gladiatore* perché era appassionata di storia antica, un'altra quattro volte il film di Pupi Avati *Il cuore altrove*, perché si vedevano i tetti rossi di Bologna. Noi le chiedevamo se aveva trovato i soliti omini e lei rispondeva di sì con aria annoiata e distaccata. *Che domande. Ovvio che c'erano*. E noi invidiose le dicevamo che noi mai, neanche mezzo omino.

La cugina Maria Luisa, un'altra dei sei figli della zia Olga, ci ha raccontato di quando nel '42 andò un mese al mare a Cattolica con mia madre.

Che aveva diciannove anni ed era così bella, ma così bella, che quando passeggiava per strada la gente si girava a guardarla a bocca aperta.

Fu la prima estate che passarono senza la nonna Adele, morta il 23 febbraio di quell'anno.

La nonna si era curata l'ulcera per più di dieci anni, per poi morire di tumore allo stomaco tra molti tormenti, assistita da mia madre che le faceva le iniezioni di morfina, come poi ho fatto io a mio padre nei suoi ultimi giorni di vita.

Recentemente un'altra cugina ci ha detto in che modo la nonna Adele venne a sapere di avere un tumore: evidentemente era noto a tutti tranne che a lei, come usava una volta.

Un giorno non aprì la porta a una signora che andava a trovarla, rimanendo dietro le persiane accostate senza rispondere al campanello e fingendo di non essere in casa. Da lì sentì la sua padrona e vicina di casa raccontare alla visitatrice che lei, povera Adelina, forse era fuori, perché avendo un tumore andava spesso a farsi visitare.

Il comportamento della nonna Adele mi ha molto ricordato mia madre, che era il tipo da fare cose come non rispondere al campanello o telefonare e poi mettere giù.

Quando la nonna Adele morì nella casa di via Argelati a Bologna, la zia Olga e la sua famiglia andarono ad abitare con mia madre e il nonno Oliviero.

Nell'autunno del '43 la mamma con sorella e nipoti sfollarono a Castel San Pietro, per via dei bombardamenti.

Fu qui che le sorelle Giannarosa e Olga Bianchi, figlie del direttore di banca, conobbero i figli del suo caro amico Dante Bignardi, il veterinario: Annalena e suo fratello trentenne Ludovico, che, dopo nove anni nell'esercito, di cui uno di guerra in Africa, uno in Albania e uno in Iugoslavia, era tornato a casa.

Un giorno di dicembre del 1944, a Ludovico fu affidata la giovane Giannarosa da riaccompagnare da Castel San Pietro a Bologna. A piedi lungo la via Emilia, perché le linee ferroviarie erano sospese per i bombardamenti.

La mamma raccontava che si innamorarono durante quel viaggio, nonostante lui si buttasse continuamente nei fossi al passaggio dei bombardieri mentre lei, non si sa se stordita d'amore o coraggiosa, non faceva una piega e continuava a camminare. All'arrivo a Bologna erano fidanzati.

Il 4 giugno del 1945 si sposarono nella cattedrale di San Pietro a Bologna, in via Indipendenza. Un matrimonio povero, *con i cichetti sotto le scarpe* per riparare i buchi delle suole. Lei aveva ventun anni e lui trenta.

Nelle fotografie sono magrissimi e quasi sciupati: lei ha un tailleur blu, una camicetta bianca con dei volant sul davanti e un piccolo cappello, lui la cravatta argentata e un doppio petto grigio scuro con il fazzoletto bianco nel taschino, gli occhi azzurri profondi dentro al viso affilato.

Hanno un'aria stanchissima in quella foto di matrimonio.

Forse erano stressati come tutti gli sposi, forse durante la guerra – che era appena finita – si erano nutriti male, forse erano consumati dal reciproco amore: dal momento in cui si erano visti per la prima volta a quello del matrimonio erano passati solo sei mesi.

Per sposare il babbo, la mamma aveva lasciato il fidanzato montenegrino Gojko, conosciuto a Venezia, dove era iscritta a Lingue all'università Ca' Foscari. Il babbo invece di ragazze ne aveva lasciate due: Giulia, la fidanzata storica di Castello con cui stava da dieci anni, e Nada, una biondina conosciuta durante la guerra a Ragusa in Iugoslavia, di cui conserviamo moltissime foto (come peraltro di Gojko). Con Donatella ogni tanto immaginiamo che i due fidanzati slavi abbandonati avrebbero potuto conoscersi e fidanzarsi a loro volta.

Il funerale che ho sempre desiderato

Il giorno del funerale della mamma a Ferrara c'era il sole, un bel sole primaverile in una primavera dove poi piovve sempre.

Eravamo partiti da Milano alle dieci del mattino, e per una volta Emilia si era ricordata di non bere il latte a colazione per non vomitare in macchina sulla gonna marrone comprata per l'occasione.

Io sotto al cappotto grigio avevo messo una gonna e una maglia blu che da quel giorno non riesco più a portare. Anche Ludovico era in blu, e Luca in grigio: senza dircelo ci siamo impegnati tutti per non vestirci di nero, un colore che la mamma non sopportava perché le *faceva impressione.* Di nero aveva solo una pelliccia di astrakan e un bolero che metteva per andare a teatro: non avrebbe mai indossato nulla di nero se non in un'occasione *elegante* ed era costernata che io invece lo portassi anche di giorno: diceva che *mi sbatteva* e mi faceva sembrare ancor più *gialla patocca.*

Siamo arrivati a Ferrara all'ora di pranzo, scegliendo a caso un bar di piazza Ariostea per mangiare un panino: *fatalità,* si sono fermati nello stesso bar e nello stesso momento quattro amici arrivati da posti lontani, come Salvatore dalla Sardegna.

Non avevo avvisato nessuno del funerale e non avevo idea di chi sarebbe venuto: ogni volto caro era una sorpresa ed ero piena di gratitudine per tutti quelli che avevano fatto un viaggio così lungo, un giovedì lavorativo, per esser lì a salutare la mamma.

Ricordo che mi sono vergognata per tutte le volte che non sono andata a un funerale pensando che la presenza non fosse importante. Invece lo è.

Da piazza Ariostea siamo andati a piedi alla chiesa di San Cristoforo alla Certosa, un posto di una bellezza spettacolare.

C'ero stata di recente, dopo che a Natale avevo letto *Gli ultimi anni di Clelia Trotti* di Giorgio Bassani, dove scrive: "Per avere un'idea di che cosa sia piazza della Certosa, si pensi a un prato aperto, pressoché vuoto, sparso come è a distanza di rari monumenti funebri di acattolici illustri del secolo scorso: a una specie di piazza d'armi, insomma. A destra, la scabra facciata incompiuta della chiesa di San Cristoforo, nonché, flettendosi in ampio semicerchio fin sotto le mura urbane, un rosso porticato del primo Cinquecento contro il quale certi pomeriggi il sole batte davvero a gloria".

Mia sorella, che abita lì vicino ed è una fanatica di Bassani, mi aveva avvertito che dopo cinquant'anni da quella descrizione la chiesa era stata restaurata. Ero andata a visitarla: era davvero un posto meraviglioso.

Il giorno del funerale della mamma era uno di

quei pomeriggi in cui il sole batteva a gloria: tutto era illuminato da una luce netta e dorata, una di quelle luci che nella pianura padana capitano una volta all'anno e te le ricordi per sempre.

Davanti alla chiesa ci aspettava Donatella con le mie nipoti Silvia e Annalena arrivate da Bologna e da Roma: ci siamo abbracciati tutti pensando – ce lo siamo detti dopo – che la nonna Gianna si lamentava tanto ma alla fine faceva sempre le cose in grande.

Davanti all'altare stava la bara già chiusa, come avevamo chiesto perché mia madre non avrebbe mai voluto che la vedessero morta. *Per carità. Ci manca sol quello!* Perciò io la mamma dentro la cassa non l'ho vista, mentre Donatella sì: prima di venire in chiesa era andata a salutarla alla camera mortuaria e mi ha detto che stava bene.

Avevamo disposto che le mettessero il tailleur di tessuto operato azzurro e beige, appena bordato di pelliccia chiara, una camicia di seta color avorio e un foulard azzurro: gli stessi che portava l'ultima volta che era venuta a trovarci a Milano.

La mamma era una di quelle donne *che fanno una gran figura* con gli abiti che indossano. Abitualmente, negli ultimi anni, si vestiva in maniera trascurata, portando per giorni la stessa gonna o lo stesso maglione con una macchia di cappuccino davanti. Se invece era di buon umore o doveva andare da qualche parte si comprava in fretta qualcosa di nuovo, senza pensarci troppo. Cose semplici che però a lei donavano molto e sembravano elegantissime: la giacca azzurra, un copricostume a fiori, il cappotto color cammello con il collo di pelliccia... Quel tailleur dall'aria costosa l'aveva preso *senza guardare* in un negozio qualsiasi, per il matrimonio di una nipote al quale non era poi potuta andare per uno dei suoi rari raffreddori.

Le stava benissimo, come se invece di averlo comprato al volo se lo fosse fatto fare su misura dopo aver scelto con cura la stoffa e il taglio. Aveva un gusto sicuro per i colori che le donavano, per i gioielli, le borsette e le scarpe. Mi criticava sempre, e a ragione, per le mie scelte smorte e convenzionali. *E dire che da ragazzina ci tenevi tanto*, si rammaricava. *Prima di diventare di sinistra*, intendeva dire. Ma ormai non lo diceva quasi più.

Mi sono avvicinata all'altare per parlare con il prete che avrebbe celebrato la messa: volevo sapesse che tipo era la mamma.

Gli ho detto che era credente ma non praticante, che era simpatica e impulsiva, che l'espressione "sangue romagnolo" le si confaceva perfettamente. Lui era un bell'uomo giovane, brizzolato, con l'aria distante da prete colto, si chiamava don Paolo.

Donatella mi ha raggiunto mentre parlavamo, gliel'ho presentata. Don Paolo ha chiesto se volevo dire qualcosa durante la messa e ho risposto di no: temevo di commuovermi troppo, memore del funerale del babbo, e poi ho pensato che alla mamma avrebbe *fatto impressione* sentirmi parlare di lei *come se fosse morta*.

Non è andata così. Non ho pianto tanto. Forse perché stavolta ero più grande, forse perché, a differenza di ventiquattro anni prima, non ero sola ma con Luca e i bambini.

Ho pianto di più al funerale della madre della mia amica Renata, quattro mesi dopo, anche se non l'avevo mai vista.

Quel giorno mi ero chiesta se stavo piangendo ancora per mia madre o se piangevo per Renata. Oppure per suo padre Eugenio, di ottantacinque anni, che sembrava perso e dolce e mi ricordava tanto il mio, che però non ho mai visto vecchio, solo anziano. Chissà come sarebbe stato bello da vecchio, mio padre.

Le amiche della mamma ancora vive non sono molte, ma al funerale c'erano tutte, e le ho amate. Ho amato molto anche Bobo in quel momento, il mio compagno di banco del liceo, che mi ha ricordato piangendo quando avevamo litigato perché, scherzando, lui aveva detto che mia madre era brutta.

Non avevo mai visto Bobo piangere: insieme avevamo sempre sghignazzato, da ragazzi.

Più di tutti mi hanno commosso quelli che non mi aspettavo ci fossero: una mia antica professoressa d'inglese del liceo, la parrucchiera Lidia, i vecchissimi amici Tognon che non vedevo da vent'anni e sono arrivati con un mazzolino di fiori che mi ha strangolato il cuore.

La mia professoressa, identica dopo trent'anni, non era tra quelle che avevo amato di più. Non eravamo mai state in confidenza e la sua materia non mi piaceva particolarmente. Era un tipo riservato, algido, non il genere d'insegnante con cui i ragazzi fanno amicizia. Rivederla lì è stato bellissimo.

Con Luca e i bambini ci siamo seduti nel primo banco a destra, insieme a Dante e Michela, i miei cari cugini figli dello zio Fifo al cui funerale, ho ricordato colpevolmente, dieci anni prima io non ero andata.

Donatella e i suoi stavano nel primo banco a sinistra, di fianco a noi. Così lei e io abbiamo potuto scambiarci un'occhiata perplessa quando abbiamo sentito l'argomento scelto dal prete per l'omelia: la gelosia tra sorelle.

Don Paolo ha raccontato una parabola in cui una sorella chiedeva alla madre perché fosse più disponibile con l'altra figlia che con lei, e la madre avrebbe risposto "perché aveva più bisogno di me di quanto ne avessi tu".

Con Donatella ci siamo voltate a guardarci nello stesso istante: lei e io ci adoriamo e siamo sempre state solidali e unite contro le bizzarrie del carattere di nostra madre, che per tutta la vita ci ha dato del filo da torcere.

Ognuna di noi in quel momento si è chiesta se quell'omelia fosse stata in qualche modo mandata dalla mamma, e in cuor mio mi sono detta che in fondo ero io, la più piccola, la più ribelle, quella che era andata a vivere lontano, la sorella che aveva avuto più attenzione, nel bene e nel male.

Specialmente nel male, visto che le cure della mamma si esprimevano anzitutto in forma di ansiose telefonate di controllo.

Ma l'amore è amore. È quando non c'è più che capisci quanto ti manca, anche se è faticoso da sopportare.

Che l'omelia, scelta dalla mamma tramite don Paolo, fosse un messaggio di scuse tardive a Donatella?

Per tutta la cerimonia ho tenuto la mano di Ludovico, mio figlio grande, che forse assisteva alla prima messa completa della sua vita.

Aveva gli occhi che brillavano e la bocca un po' aperta di chi sta seguendo qualcosa che lo avvince moltissimo. Ascoltava ogni parola del prete come se non volesse perdersi un particolare, come se stesse cercando, lui che è un iperrazionale, di comprendere a fondo un evento sconosciuto o una nuova scoperta scientifica.

Ho sposato due uomini atei e non ho insistito per battezzare i figli, come forse avrei fatto se avessi deciso da sola. Ho pensato che se vorranno battezzarsi lo faranno loro, al momento buono.

Ludovico sembra invece ancora meno credente di suo padre, che è un filosofo attratto dai pensatori mistici, e anche se dalla quarta elementare ha scelto da solo di frequentare l'ora di religione, ora che ha undici anni afferma con sicurezza di non credere nell'esistenza di Dio. Mentre la bambina di cinque va a giorni: in certi periodi ci crede e in altri no.

A differenza di suo fratello, che in quanto primo figlio è stato cresciuto un poco più ideologicamente e fin dai primi anni di scuola è stato tolto da religione, Emilia l'ha sempre fatta e nessuno si è preso la briga di esonerarla. Pochi giorni dopo la morte della nonna, sentendoci parlare di credere o non credere in Dio, Emilia con nostro divertimento e meraviglia ha detto a una mia amica che «la nonna Gianna credeva nel pelo».

Visto che mia madre era l'unica persona che conosceva a indossare pellicce, immagino Emilia abbia fatto una sua personalissima associazione, molto azzeccata: la nonna Gianna infatti era tendenzialmente animista. Non era tipo da santini e rosari, probabilmente sentiva Dio più nei sassi bianchi e tondi del suo amato fiume Sillaro o nella sua pelliccia di astrakan che non dentro a una chiesa.

A messa i bambini sono stati perfetti: attenti, buoni e gentili.

Li avevo istruiti a dare la mano a tutti, ma non sempre mi ascoltano. Credo che quel giorno avessero capito come era importante per me sentirli vicini, e sembravano molto compresi nell'evento che stavamo celebrando.

Non credo soffrissero per la nonna: i bambini solitamente non soffrono per la morte, o almeno non subito. Se muoiono persone a cui sono molto legati naturalmente ne sentono la mancanza, ma a modo loro. Quando morì mia nonna Atala avevo poco più dell'età di Ludovico e ricordo bene non solo l'assenza di dolore, ma anche il senso d'immortalità che quell'assenza mi aveva lasciato. Ricordo che avevo pensato: "Vedi? Non si soffre. Allora la morte non esiste. Allora io non morirò mai".

La mattina a colazione avevo detto a Emilia di non impressionarsi se mi vedeva piangere: volevo prepararla perché temevo che avrei singhiozzato tutto il tempo.

In realtà quel discorso l'aveva turbata più delle mie lacrime eventuali, e mi aveva risposto con voce strozzata che la facevo piangere io, se le dicevo così.

E poi mi aveva ricordato di avermi già visto piangere, per la prima volta, tre settimane prima.

Eravamo in montagna, noi quattro, e uscivamo da un ristorante su un passo dove aveva cominciato a nevicare: una nevicata soffice e intensa di febbraio che mi aveva messo addosso una specie di euforia. Avevo cominciato a tirare palle di neve a raffica contro Luca, che aveva subìto pazientemente finché aveva deciso di restituirmene una, micidiale, che mi aveva centrato un occhio: uno dei dolori più atroci della mia vita.

Per quel dolore piansi un bel po'. Al che Emilia pronunciò la famosa frase: «Non sapevo che anche i grandi potessero piangere», che secondo una mia amica antroposofa è stata di preparazione a quel che sarebbe successo di lì a poco.

Dopo la messa siamo saliti in macchina per andare al cimitero di Castel San Pietro per la sepoltura, seguendo il carro funebre.

A metà strada, Luca ha commentato la presenza massiccia dei miei colleghi di redazione al funerale: erano venuti tutti.

Tanto per chiacchierare ho risposto che i casi erano due: o io ero un dittatore o loro mi erano molto affezionati.

Dal sedile posteriore è arrivata secca la battuta di Ludovico, fino a quel momento muto, pronunciata con la sua erre arrotolata e il suo modo forbito di esprimersi: «Prropendo sicurramente per la prrima ipotesi».

Siamo scoppiati in una risata che mi ha ricordato

quella che ventiquattro anni prima al funerale di mio padre, sulla stessa strada e seguendo un carro funebre identico, aveva accolto la dimenticanza dell'autista del carro di togliere la freccia, proprio come faceva il babbo.

Una bella risata ci vuole, perché un funerale riesca bene.

La tomba di famiglia, quella dove sono sepolti anche mio padre, lo zio Fifo, la nonna Atala e il nonno Dante con la sua prima moglie Evelina e la bisnonna Ida, a questo punto è al completo.

Quando i becchini hanno tolto la lastra di marmo i bambini si sono sporti a guardare dentro: la prima bara che spuntava dalla nicchia, quella dello zio Fifo, aveva il coperchio spaccato in due da una crepa, una visione tetra che nessuno di noi ha commentato.

Ho fermato i becchini per dare un'ultima carezza alla bara della mamma, poi l'hanno calata dentro e hanno rimesso a posto la lastra di marmo, una semplice lastra dove c'è scritto solo "Famiglia Bignardi".

Mia sorella e io pensavamo che fosse *più fine* non mettere nomi né tanto meno fotografie sulla lapide: abbiamo sempre scherzato sulle foto delle tombe. A ogni fotografia che ci facciamo e ci scambiamo via mail, soprattutto se è brutta, diciamo che *è per la tomba*, e aggiungiamo *io non ci sarò.*

Io non ci sarò lo diceva la mamma da sempre, evocando il giorno in cui Donatella e io avremmo capito che aveva avuto sempre ragione lei.

«*Io non ci sarò*, ma quando avrete dei figli capirete.»

«*Io non ci sarò*, ma chissà come sarete noiose voi, da anziane.»

Non voleva parlare della morte, che le avrebbe *fatto impressione*, ma diceva *io non ci sarò* per scaramanzia, per esorcizzarla.

Io non ci sarò: e stavolta davvero non c'era.

Durante la sepoltura Benedetta, di due anni, figlia di Annalena che ha reso mia sorella nonna e mia madre bisnonna, inciampava fra le tombe annusando i fiori e stupendosi con grandi gesti delle braccia che i fiori finti non profumassero. Credo che fosse per tutti i presenti, a parte me e Donatella che avevamo lo sguardo fisso sulla bara, una visione rasserenante.

Soltanto Silvia, l'altra mia nipote, singhiozzava forte: lei e la nonna, che Silvia chiamava *nonna Gialla*, avevano un rapporto particolare. Era bello vederle insieme: la giovane punk con le dilatazioni tribali nei lobi delle orecchie e l'anziana matrona che sghignazzavano e s'intendevano tra loro meglio di quanto noialtri comprendessimo loro due.

Ho pensato che avevo ventitré anni, uno meno di Silvia, quando morì mio padre, e per un momento è tornata l'angoscia dei maledetti anni tra i venti e i trenta, i peggiori della mia vita.

La morte fa più paura quando non si è più bambini ma non si ha ancora una famiglia propria, quando della morte non s'è ancora nemmeno intuito il senso.

Più avanti è una sofferenza diversa, legata alla mancanza di chi se ne è andato, e alla consapevolezza che il prossimo sarai tu.

A vent'anni invece se ti muore qualcuno è uno strappo, un'ingiustizia, un affronto che la vita non doveva farti e a cui non eri preparato.

Dopo la sepoltura siamo andati con i parenti più stretti nel giardino della casa di Castello.

Avevo chiesto a Marco e a Marinella, i cugini che sento più spesso e che vivono a Castel San Pietro, di comprare un paio di bottiglie di vino e un dolce per brindare alla mamma nel suo amato giardino.

Marinella aveva portato in mezzo al prato qualche sedia, un tavolino con una bottiglia di albana e una pinza con la mostarda, il dolce castellano preferito dalla mamma.

Abbiamo bevuto l'albana, mostrato il giardino a Emilia e Benedetta che non lo ricordavano, mangiato la pinza e chiacchierato lievemente, pieni di amore reciproco e di ricordi in cui c'era la mamma.

Poi Donatella è partita ma noi siamo rimasti a dormire a Castello, ospiti di Marinella e di suo marito in collina. Non me la sentivo di lasciare sola la mamma la prima notte, o forse ero io che non ero ancora pronta per allontanarmi da lei.

Abbiamo cenato con i parenti in una trattoria sui colli dove avevamo mangiato tante volte con la mamma il castrato e le crescentine.

Una cena allegra, identica a quella che a volte avevo immaginato per il mio, di funerale.

Ora che ci penso, il funerale della mamma mi è sembrato una prova generale di quello che vorrei per me.

O quello che avevo immaginato era una prova generale del suo?

Per una decina di giorni ho mangiato e dormito poco: Emilia una sera ha detto che non riuscivo a mangiare perché pensavo sempre alla nonna e mi è sembrata un'osservazione profonda per una bambina così piccola.

Poco dopo era Pasqua e lei, che non aveva mai chiesto di vedere la nonna Gianna quando era viva, al pranzo di famiglia aveva detto: «Mi manca tanto la nonna, la nonna quella nella bara al cimitero».

Ludovico non ne parlava, ma tanto lo facevo io, continuamente.

Per un mese ho provato le stesse emozioni di quando ci si innamora: pensiero fisso su una persona, stato di esaltazione, difficoltà a mangiare e a dormire.

Solo che avvertivo un senso fisico di mancanza, come se mi avessero tagliato via un braccio o una gamba: era sparita una parte di me.

Non credo di aver provato le stesse cose quando è morto mio padre: mi ero disperata di più ma ripresa prima.

Sarà stato perché ero giovane, perché lui era malato e la sua morte in qualche modo annunciata, ma soprattutto perché con lui il rapporto era stato più sereno, più facile di quello con la mamma.

Lui e io secondo mia madre eravamo *egoiscti* uguali, il che per lei voleva dire che avevamo altre passioni e interessi oltre alla famiglia. Il babbo era un uomo dell'Ottocento e a me faceva soggezione, ma aveva un carattere poetico e gentile. Non credo sia mai venuto a parlare con un mio insegnante: non si occupava di nulla che mi riguardasse, come facevano gli uomini di una volta.

Mi ha dato una sola sberla in tutta la sua vita, un giorno che da bambina, per imitare mia madre, mi permisi di dirgli *ma babbo, come mangi?* sentendolo succhiare gli spaghetti.

La mamma invece sberle e ciabattate me ne ha date parecchie quando ero piccola. Abbastanza da non ricordarmele più.

Alla morte di mio padre ho provato quattro distinti sentimenti.

Il più brutto è stato il senso di colpa. Per non essergli stata più vicina negli anni della malattia, ma soprattutto per non averlo saputo guarire: nonostante Donatella mi abbia detto che il cancro era già in metastasi quando lo hanno scoperto, per molto tempo sono stata convinta che avremmo potuto curarlo meglio se me ne fossi occupata personalmente, e se la mamma non fosse stata così ansiosa che a lungo non le abbiamo nemmeno detto che il babbo aveva il cancro.

Un altro senso di colpa irrazionale, mi hanno spiegato che lo provano molti figli che hanno assistito i genitori moribondi, è stato quello di averlo ucciso con le iniezioni di morfina che gli ho fatto il suo ultimo giorno di vita. Per anni ho avuto l'incubo di averlo ammazzato io.

I sentimenti buoni invece, che mi hanno salvato e guarito da quegli anni difficili, sono stati due. Il primo, il più potente, quello che mi ha fatto immediatamente ritrovare il senso delle cose, è stato il rispetto che ho sentito di dovere alla sua morte e nello stesso tempo alla sua vita, e quindi anche alla mia.

Per rispetto nei suoi confronti dovevo mettermi a far meglio che potevo, come avrebbe voluto lui, e così feci.

L'altro sentimento è stata la consapevolezza che, nonostante gli ultimi quattro anni rovinati dalla malattia, il babbo avesse avuto una vita bella, piena di sogni, amori, animali, amici, natura: una vita piacevole e allegra.

È una consolazione per chi resta pensare che chi se ne va ha vissuto bene e la mia paura per molti anni è stata che non avrei potuto provare lo stesso sentimento quando sarebbe morta mia madre.

Invece non è andata così.

Ho capito che la vita della mamma è stata più faticosa e spesso più triste, ma non più brutta.

Forse non ci sono vite brutte.

L'insuperabile latinista

La Gianna, come la chiamava il babbo, studiò a Bologna alla scuola magistrale Laura Bassi di via Sant'Isaia, che oggi è un liceo linguistico.

Per molti anni i suoi genitori Oliviero e Adele avevano vissuto in case separate, a Castel San Pietro lei e a Bologna lui. Un po' per il lavoro del nonno Oliviero, un po' perché l'ex suocera Elvira, detta *la Marescialla*, non aveva mai accettato che dopo la morte della prima moglie Maria lui si fosse risposato. Solo a undici anni la mamma si era trasferita con sua madre Adele da Castel San Pietro a Bologna.

Il nonno Oliviero, dopo aver perso la sua banca nel crac del '29, era diventato direttore del Banco emiliano romagnolo di Bologna, e abitava in via Argelati. Da molto ricco era diventato improvvisamente quasi povero: le cugine mi hanno raccontato che quel tracollo rappresentò un disonore per il quale meditò addirittura di uccidersi. La mamma invece non ha mai commentato il cambiamento della condizione economica di suo padre. Forse l'argomento rientrava in quelli per lei tabù o forse nel Ventinove era troppo piccola, aveva solo sei anni, per rendersi conto di cosa era successo. Della sua infanzia diceva solo che il ménage famigliare era molto piacevole: il nonno andava a trovare la moglie e la figlia a Castello il sabato e la domenica e il resto della settimana la vita scorreva tranquilla tra donne: la nonna Adele non lavorava e si occupava delle figlie Laura e Giannarosa.

Delle sue scuole superiori invece la mamma faceva racconti idilliaci, descrivendosi come la migliore della classe, circondata da amiche che la adoravano. Non esagerava.

Quando è morta ho trovato in un cassetto di camera sua un quadernino datato 10 maggio 1941 con i pensieri di fine anno scolastico e gli indirizzi delle sue compagne di classe.

Erano in terza F, ultima classe delle scuole superiori. La mamma avrebbe compiuto diciotto anni dopo meno di due mesi, il 1° luglio del 1941.

"A te in particolare Gianna andrà sempre il mio più bel ricordo di questi anni, a te che sei la simpaticona della terza F, la mia più cara compagna, l'insuperabile latinista della classe. Ti ricorderò sempre con grande affetto, anche quando sarai una dotta professoressa di latino. Spero che anche tu vorrai ricordare qualche volta la compagna che stava dietro di te e che ti prestava, nelle interrogazioni di matematica e di fisica, il santino protettore perché ti aiutasse a far bene" le scriveva una Rosanna Casadio Gaddi che abitava in via Nicolò Dall'Arca 26.

Corrisponde. Insuperabile latinista e schiappa in matematica e fisica, come siamo state noi.

Brava in latino e *Gennerosa* secondo Anna Maria Ramponi, che le scrive: "Non dimenticherò mai la simpaticona Bianchi e le sue risate squillanti che si udivano in tutta la classe. E non dimenticherò mai i viaggi pericolosi di quei famosi biglietti che furono la mia salvezza". O Bebè Pausini che dice: "Impossibile dimenticarti, non solo per il tuo simpaticissimo carattere, ma soprattutto per la gratitudine che ti debbo per il viatico che dai tuoi paraggi mi giungeva nelle ore di latino".

Che la mamma fosse simpatica, lo aveva notato subito anche la dottoressa del pronto soccorso con l'ombretto viola: di una simpatia diretta e spontanea. L'altruismo, invecchiando, si limitava a slanci di generosità poco organizzata: era troppo impaziente e troppo impressionabile per aiutare davvero gli altri. Faceva sempre l'elemosina a chiunque gliela chiedesse, ma non avrebbe più saputo dare un aiuto concreto e continuativo a qualcuno: ormai era diventata troppo irrazionale, troppo pessimista e troppo stanca.

"Alla più simpatica delle mie compagne e anche alla più rumorosa" le scriveva Nettorina Ghelli di via Galliera 69.

"Ti ricordi la nota e la sgridata del terribile professor Lanzò perché ballavamo in classe?" aggiunge un'Emilia di via Saragozza 198.

"Ricordi Gianna le cazzottate sotto gli occhi scandalizzati dei professori, ti ricordi i balli in classe? Una notte mi sognerò di te, della quale sedevo alla destra, delle tue occhiate di rimprovero quando mi incipriavo e anche un po' della tua spazzola, perché a qualcosa è servita anch'essa. La devi rilegare in oro e appendere a una parete nella tua casa" le scrive Leda Galletti. La spazzola sì e la cipria no? Quando ho letto queste parole ho pensato alla spazzola dorata che è stata effettivamente appesa per almeno vent'anni in camera della mamma, anche se non credo fosse proprio quella citata dalla sua amica Leda.

Marialuisa Borea invece le scriveva: "Un tempo ti odiavo, ricordi? Ora ti voglio bene, ma un bene tanto diverso che potrei quasi dire una devozione. Sei tanto bella e buona che davvero potresti essere adorata".

E ancora Leda: "Quando sarai vecchia e avrai i reumatismi ricordati di tutta la ginnastica che hai fatto e ti passeranno".

Da ragazza la mamma aveva fatto molta ginnastica, il sabato fascista. Trascorreva le estati a Dobbiaco con la Gioventù italiana del Littorio, insieme a molte compagne di scuola, fra cui la sua amica del cuore Paola Francia.

Ma questo non servì a proteggerla dai dolori alle ginocchia che, come Leda prevedeva, la tormentarono dopo i settant'anni. Per combatterli, prima di andare al mare la costringevamo a fare punture di cortisone sempre rimandate fino all'ultimo minuto, per il solito problema nel trattare con i medici che non voleva *disturbare*.

Del professor Orlandi, che con infinita pazienza le faceva le infiltrazioni alle ginocchia a maggio e a novembre, diceva però che era un santo, e le piaceva moltissimo. Unico medico che abbia frequentato negli ultimi anni, Orlandi le spiegò dapprima che la soluzione definitiva al suo problema sarebbe stato l'intervento chirurgico ma, avendo molto presto imparato a conoscerla, decise di assecondarla continuando a farle le infiltrazioni senza più nominarle l'operazione. E nello stesso tempo la faceva contenta con la sua pazienza e cortesia, perché trovava anche il tempo per chiacchierare con lei.

La mamma dopo queste sedute si sentiva subito meglio e poteva affrontare l'estate – che era il suo periodo preferito, in cui si trasformava tutta e ritornava a essere allegra e vivace – ma anche, in un modo o nell'altro, l'inverno, che non sopportava. *Lo oddio,* diceva (pronunciando proprio così). Questa sua avversione aumentava di anno in anno ed era dovuta in gran parte al clima di Ferrara, alle sue nebbie, alle lunghe giornate uggiose e avare di luce, che la costringevano a trascorrere in casa la maggior parte del tempo.

Dal libriccino delle compagne uscirono anche i particolari della sua prima storia d'amore, quella con Elio Bruzzi, che un po' ripudiava solo perché una compagna di scuola le aveva detto che *era troppo rosso in faccia*.

"Elio, insensato amore" sta scritto a matita rossa in esergo al libro.

L'aveva incontrato l'estate prima che fossero scritte quelle dediche, in vacanza a Dobbiaco. Lo spiega la frase di Giulia: "Non voglio ricordarti le ansie, le sgobbate e le birichinate scolastiche, ma voglio ricordarti una data: 16 luglio. Mi pare che basti. È una data che anche fra tanti e tanti anni non potremo mai scordare... era una bella mattina d'estate e un gruppo di ragazzi e ragazze... Purtroppo mentre per te questa data non sarà che un ricordo di gioia, prevedo che per me sarà un ricordo molto doloroso... chissà, forse no, ma ci son poche probabilità". Evidentemente Giulia aveva avuto minor fortuna della mamma con il ragazzino che le piaceva.

L'Emilia di via Saragozza, che si firma "tua quasi paraninfa", le fa "tanti auguri di tutto cuore perché la vita trascorra per te felice, e, perché no, al fianco del tanto amato Elio", mentre la sua adorata compagna di banco Paola, di via Oberdan 45, le scrive: "Mia (Elio mi perdoni) carissima Gianna, ti sono affezionatissima anche se qualche volta un 'scema' mi è scappato di bocca. Ci ritroveremo presto a Dobbiaco e speriamo poi sui banchi della gloriosa università, con le tanto ambite spalline azzurre".

Elio fu lasciato per Gojko, il biondo dandy montenegrino incontrato all'università Ca' Foscari a Venezia, dove la mamma si era iscritta dopo le magistrali per studiare Lingue e letterature straniere, e Gojko a sua volta fu lasciato per mio padre. Elio però non era affascinante come il babbo e Gojko. C'è una foto del 1940 dove lui e la mamma passeggiano sotto i portici del Pavaglione, a Bologna: lei ha diciassette anni, è alta, bruna, intensa; lui è biondo e bellino, con lo sguardo stordito da ragazzino.

Nelle ultime pagine del libretto delle dediche compare una poesia scritta dalla mamma il 14 settembre 1941, con la grafia elegante che non ho ereditato.

Aveva compiuto diciotto anni e la poesia s'intitola *Amore*:

M'interessa
Mi è simpatico
Mi piace
Lo amo.
Bella gradita
La sua voce
Sussultare lieve represso
Al suo apparire
Al suo apparire
Gioia di tutte le cose
Amore.
Scorrere troppo veloce delle ore con lui
Lo vedrò non lo vedrò
Tre due
Un'ora manca al suo arrivo
Come è eloquente il
Silenzio
Fra lui e me come è
Intenso
Non fuggire non fuggire
Tempo
Non rubarmi
L'amore che è mio
È l'amore
Unica verità dell'universo
Unica cosa per cui
La vita vale
La vita è vita.

Mi sembra che la mamma, probabilmente alla sua prima cotta, fosse più innamorata dell'amore che di Elio, del quale sappiamo solo che era di una buona famiglia bolognese e che aveva una sorella molto amica della mamma. Sul retro della loro foto sotto ai portici c'è una sua dedica: "La mia cara Gianna, avrei tanto desiderato fossi stata la compagna della vita di Elio".

Di Elio, abbiamo trovato solo una cartolina con sopra scritto: "Ho sofferto molto. Ti amo. Elio".

Si rividero dopo molti anni, perché il babbo lo incontrò per lavoro e lo portò a casa per fare alla mamma una sorpresa di cui non conosciamo l'esito, ma immaginiamo gli imbarazzi.

Ricordandolo, la mamma a volte si limitava a dire: «Se avessi sposato Bruzzi avrei avuto una vita più facile». Credo che non alludesse alla sua posizione economica, ma al carattere del babbo. Anch'io ho pensato spesso che se avesse sposato un *sanluigigonzaga*, più noioso ma più presente e concreto di mio padre, sarebbe stata meglio protetta dalle sue ansie, ma chissà. Forse, vicino a un *sanluigigonzaga*, invece che di ansia si sarebbe ammalata di depressione.

L'altra poesia che chiude il libretto delle amiche, sempre scritta dalla mamma il 14 settembre, s'intitola *Felicità* e mi viene da leggerla come un rap di Jovanotti:

Immagini serene radiose
Risplendere di sole di luna
Gioire di cose nel mondo
Felicità
Mi piace questo fiore
Mi piace
Mi piace questo libro
Mi piace
Bello umano

Scorrere lieto veloce
Di ore di ore
Ogni minuto è
Un intenso attimo di vita
Bello bello è
Occupare la mente
Il cuore le braccia
Gioioso aprirsi degli
Occhi alla luce
Pienezza di vita
Dimenticanza di buio
Di morte di dolore
Continuo affluire
Di densa scintillante
Vitalità
Felicità.

In quel periodo la nonna Adele era ancora viva, anche se stava molto male.

Morì sei mesi dopo, il 23 febbraio del '42, a cinquantasei anni, assistita da mia madre diciottenne che le faceva le iniezioni di morfina. Chissà se anche la mamma ha mai avuto paura di essere stata lei a ucciderla.

Venezia, Ferrara, e il gato di Pregnolato

La morte della nonna Adele non impedì alla mamma di dare tutti gli esami del primo anno di Lingue a Venezia.

I primi esami del suo libretto universitario trovato nel solito cassetto sono del giugno del '42, lei non aveva ancora diciannove anni.

I voti all'inizio non erano un granché: 25 in Pedagogia, 26 in Storia e un 21 in Letteratura russa, poi finalmente un 30 in Letteratura italiana, la sua materia preferita.

L'anno dopo, quando con i suoi dovette sfollare per i bombardamenti da Bologna a Castel San Pietro, diede solo tre esami a giugno, tre 30. In Lingua e letteratura italiana, Lingua e letteratura francese e Storia II.

Un solo esame nel '44 ma ben sette nel '45, l'anno in cui si sposò con mio padre.

Poi quattro nel '46, primo anno di nozze, e più nulla fino al '50, quando nacque mia sorella.

E ancora un esame all'anno dal '53 fino all'ultimo, nel '55: un 27 in Storia dell'arte, per un totale di ventidue esami. Tutti quelli previsti dal suo corso di laurea più uno, perché nel passaggio da Venezia a Urbino, dove si era trasferita nel 1948 – forse sperando che fosse più facile – dovette dare un esame in più.

Ma intanto con il babbo erano andati ad abitare a Ferrara e lei aveva cominciato a fare la maestra: la vita si era rivelata subito più dura del previsto. E poi c'era quel problema della odiata tesi che le aveva dato Carlo Bo.

La mamma ne parlava con rancore anche dopo quarant'anni, del povero Carlo Bo, e non si addolcì nemmeno quando qualche anno fa, vetusto, morì. Dava a lui tutta la colpa della mancata laurea, invece che alla sua scarsa intraprendenza.

Era successo che Carlo Bo, rettore a Urbino e titolare del corso di Letteratura francese in cui la mamma voleva laurearsi, le aveva assegnato un argomento che non le piaceva e per il quale trovava, secondo lei, poco materiale: una tesi su un oscuro autore francese di nome Abel Hermant. La mamma insinuava che l'avesse fatto apposta perché era un tipo sensibile al fascino delle studentesse e lei non gli aveva dato corda, mi perdonino i parenti di Carlo Bo. Conoscendo la mamma, la cosa più probabile è che avesse trovato nel rettore un capro espiatorio al suo difetto di senso pratico e soprattutto un pretesto per avere una calamità di cui lamentarsi.

Prima di innamorarsi del babbo sotto i bombardamenti in quel viaggio a piedi da Castello a Bologna, la mamma a Venezia aveva conosciuto Gojko Nakić, un ragazzo di Cattaro, in Italia per studiare Economia e commercio grazie a una borsa di studio del fascismo, e per lui aveva lasciato *il povero Elio Bruzzi*.

Gojko nelle fotografie sembra un divo dell'epoca: alto, elegante, biondo, sempre in completo chiaro e scarpe bicolori come il nonno Oliviero. Donatella, mandandomi una sua foto, l'ha soprannominato Gastone Paperone per via dei capelli ondulati e dell'espressione vanitosa.

La mamma raccontava che la prima volta che Gojko la invitò a mangiare un gelato lei per l'emozione non riuscì nemmeno ad assaggiarlo e, dopo un po' che camminavano, lo gettò in un canale cercando di non farsi notare.

Gojko e la mamma si piacevano ma litigavano per motivi politici: lei era fascista e lui criticava il regime. Lei allora lo sfotteva perché con la sua borsa di studio, *della quale non aveva nemmeno bisogno essendo di famiglia benestante*, sfruttava il fascismo che criticava.

Inoltre era *superficiale, narciso e non aveva voglia di studiare*, diceva la mamma, *ma era romantico e sapeva come si corteggiano le ragazze. Ed era lo studente più bello di Ca' Foscari.*

Lasciò Gojko per il babbo, con gioia del nonno Oliviero che non vedeva di buon occhio quello straniero perché avrebbe potuto portar chissà dove la sua Gianna, nonostante gli piacessero invece le sue idee politiche e soprattutto le sue scarpe.

Con Gojko continuarono a scriversi per molto tempo, anche quando lui emigrò in Australia, dove avviò un commercio di automobili di lusso.

Prima di arrivarci viaggiò per l'Oriente e l'Estremo Oriente spedendole cartoline e auguri da Saigon, Singapore, Bombay e in particolare da Ceylon: in una cartolina del marzo 1950 le diceva che il giorno dopo si sarebbe imbarcato per Fremantle, una città dell'Australia occidentale, promettendo di scriverle appena arrivato. Mia sorella ricorda molte lettere da Perth, la città dove si era stabilito, che la mamma leggeva a voce alta e in cui Gojko le raccontava la sua nuova vita, aggiungendo sempre i saluti per il babbo e Donatella.

Poi un giorno smise di scrivere, e la mamma sentenziò *sicuramente è morto, se no mi avrebbe scritto ancora.*

Appena sposati lei e il babbo andarono a vivere a Bologna in via Alidosi al Pontevecchio. La casa aveva un grande terrazzo e mio padre ci teneva quanti più animali poteva: cavie, tartarughe, tortore e un cane, Niki, che tornando a casa la sera chiamava urlando *Niki, vieni dal babbo, che andiamo a far l'erba per le cocche.*

Niki passò alla storia perché una sera, nella gioia di rivedere il babbo, fece un salto così alto che cadde dalla finestra e si spezzò una zampa. Un'altra volta bevve della varechina da un secchio e gli si staccò un pezzo di lingua. Questo cane, un fox terrier, deve essere stato considerato dai miei come il loro primo figlio, perché io e mia sorella lo ricordiamo benissimo senza averlo mai conosciuto. Sarà che il suo autolesionismo ci suona famigliare?

Di quei due o tre anni a Bologna sappiamo poco, immagino siano stati belli.

La guerra era finita e non avevano ancora figli: Donatella nacque solo cinque anni dopo, quando si erano già trasferiti a Ferrara.

La mamma studiava Lingue e il babbo, dopo esser stato congedato dall'esercito, faceva la guardia forestale, altro lavoro che amava perché gli permetteva di vivere a contatto con la natura e gli animali. Gli animali gli piacevano tutti, dalle tartarughe con le quali riempiva giardini e terrazzi ai cervi del Boscone della Mesola, dove spesso andava per lavoro.

Ho solo un ritratto della mamma in quel periodo, costruito con lo stile retorico dei fotografi del dopoguerra. Ha un tulle bianco attorno alle spalle nude e lo sguardo rivolto al cielo. La dedica è: "Al mio Vicolino con tutto il bene del mio cuore, la tua mogliettina Gianna". Dello stesso periodo c'è una foto del babbo in divisa con scritto sul retro: "A Gianna perché si ricordi sempre del suo Vico".

Una delle poche cose che i nostri genitori ci raccontavano di quegli anni a Bologna era l'operazione della mamma alla milza, pochi mesi dopo che si erano sposati.

La notte del mercoledì di Carnevale, le vennero improvvisamente dei terribili dolori alla pancia e mio padre la portò correndo al pronto soccorso dell'ospedale Sant'Orsola.

Aveva la febbre altissima e sembrava stesse per morire: mio padre e il nonno Oliviero erano disperati. I medici non capivano di cosa si trattasse, ma decisero che bisognava intervenire immediatamente. Chiamarono un famoso chirurgo che però non era in servizio, ma a un veglione di Carnevale.

La mamma raccontava che questo luminare arrivò in smoking, mezzo ubriaco, e la operò benissimo da sveglia, salvandole la vita senza nemmeno togliersi l'abito da sera.

Aprendole l'addome le aveva trovato la milza ingrossata, un'enorme milza pesante più di otto etti. Gliela estrasse immediatamente, e il mattino dopo lei si alzò sfebbrata chiedendo da mangiare. Il nonno Oliviero, curioso di tutto, scrisse una pubblicazione sulla milza della mamma, milza che diventò un altro mito di famiglia per le tante volte che fu poi citata nella nostra vita.

Dal taglio verticale sulla pancia, un orrendo sbrego di trenta centimetri tutto a zig zag, si capiva che la mano del chirurgo non doveva essere stata granché ferma, ma lei gli era lo stesso grata e non si è mai lamentata di quella cicatrice che a ventidue anni le aveva rovinato il corpo di giovane moglie. Anzi, pareva le fosse affezionata. Ora mi chiedo come quell'intervento improvviso e così deturpante potesse avere influito sull'intimità dei miei: quando la mamma lo subì erano sposati da soli otto mesi e si conoscevano da un anno, dovevano essere proprio nel pieno della loro grande passione. Probabilmente la ferita si rimarginò in fretta, vista l'età della mamma, o aggiunse tenerezza e intensità al loro rapporto.

La milza diventò ben presto un altro capro espiatorio. La mamma era sicura di non potersi far togliere le tonsille perché non aveva più la milza. Per lo stesso motivo rimandò di dieci anni l'operazione alla cataratta. Se si metteva in testa che non poteva prendere alcune medicine, o fare il vaccino antinfluenzale che il medico le prescriveva, tirava in ballo la milza, contro la quale noi non eravamo assolutamente in grado di combattere. Un'altra sua fissazione è stato l'Ormobyl, un lassativo che prese ogni sera per decenni, finché qualche anno fa lo ritirarono dal commercio, gettandola nella più viva costernazione. Senza *l'Ormo*, come confidenzialmente lo chiamavamo in famiglia, non poteva vivere, si sarebbe occlusa per sempre, perché – secondo lei – l'asportazione della milza le aveva compromesso l'attività intestinale. Per anni da ogni cassetto di casa sono spuntate decine di confezioni di Ormobyl: erano pillole nere, che lei ingurgitava in un colpo solo senz'acqua, con una maestria che non metteva in nessun'altra attività pratica. Le dicevamo che se avesse fatto una radiografia all'addome non si sarebbe visto nulla perché dentro ormai era tutta un enorme, nero Ormobyl.

«*Cretineee, scemeee, stupideee*» rispondeva, «come farei senza?» Quando *l'Ormo* fu vietato per gli effetti collaterali che poteva provocare, la prese come un'offesa personale: ne aveva, comunque, una scorta tale che continuò a ingoiare pillole per mesi, fregandosene dei rischi. Finita la scorta, nel giro di tre giorni imparò a fare a meno dell'Ormobyl, che per almeno vent'anni aveva sostenuto le fosse indispensabile per vivere.

Nel 1947 la Forestale trasferì il babbo a Ferrara. Il nonno Oliviero, che ci aveva lavorato, la descrisse alla mamma come una città deserta, immersa nella nebbia d'inverno e nell'afa d'estate. Lei non ci era mai stata, aveva solo notato qualche volta il cartello quando ci passava con il treno per andare a Venezia. Di certo non avrebbe mai potuto immaginare che ci avrebbe passato sessantun anni della sua vita.

Andarono ad abitare in via Soncina, in una tipica casa ferrarese a due piani, con androne e bassocomodo in fondo al giardino, in cui il babbo costruì un recinto per i fagiani e collocò due cani da caccia, oltre al gatto e all'immancabile tartaruga. Quel giardino diventò in poco tempo un'arca di Noè: comparvero anche *topacce enormi* che al tramonto correvano sul tetto della legnaia e il babbo – oltre che cacciatore ottimo tiratore al piattello – una sera, prima che diventasse buio, prendendo la mira dalla finestra di casa con la sua carabina le stecchì a una a una mentre quelle correvano avanti e indietro sul tetto.

Noi eravamo sempre molto impressionate da questo racconto, ma la mamma si limitava a commentare che i vicini non protestarono, anzi, si complimentarono.

Donatella sostiene che la casa di via Soncina fosse davvero bella, ma che quando gliela offrirono in vendita a un prezzo molto vantaggioso i miei rifiutarono di comprarla perché era al numero 13, che la mamma odiava, e al quale attribuiva uno sfortunato evento di quel periodo: una grossa cifra che mio padre perse a carte. La mamma ha sempre alluso a questa faccenda con voce tragica e senza entrare nei particolari, ma immagino l'abbia fatta soffrire: credo sia stata la prima grande delusione che il babbo le diede, oltre al fatto che già in luna di miele la notte russava fortissimo.

Lui invece anche da anziano si illuminava solo a

sentir nominare un casinò e ogni tanto ci andava, sempre più raramente e qualche volta accompagnato dalla mamma. Andavano a Sanremo e a Venezia, giocavano piccole cifre ma lui si divertiva moltissimo e tornava tutto ringalluzzito.

Gioco e donne per lui dovevano essere stati sport romantici e un po' pericolosi che gli ricordavano la gioventù e i tempi in cui era Vico Bignardi, l'affascinante figlio del veterinario, il ragazzo con il mondo in mano, invece che il grasso e lento commendator Bignardi.

L'insuperabile latinista della classe completò tutti gli esami alla facoltà di Lingue ma non ebbe il coraggio di chiedere un cambio della tesi a *quel porco di Carlo Bo*, come da allora l'ha sempre chiamato lei. Solo nei primi anni Cinquanta, quando Donatella era piccola, la mamma diventò maestra di ruolo a Marrara, un paese in provincia di Ferrara dove andava ogni mattina con l'autista.

Lei e le sue colleghe Lea Facchini ed Emma Colombo si erano messe d'accordo con un autista di piazza, che per poche lire andava a prenderle a casa a una a una con la sua Millecento nera e verde e le accompagnava a scuola. Le tre giovani maestre si divertivano da morire in quei viaggetti, ridendo e spettegolando per tutto il tempo, finché le autolinee non denunciarono l'autista per concorrenza sleale, o qualcosa del genere, e dovettero rinunciarci.

Prima di Marrara ebbe la cattedra a Casaglia dove, fino al '49, la mamma andava in motorino. Ci raccontava che ogni mattina incontrava una mucca bianca che si metteva in mezzo alla strada e la terrorizzava. La mamma si era convinta che la mucca, avendo colto la sua paura, facesse apposta ad aspettarla e ci godesse a spaventarla.

La tesi sull'odiato Abel Hermant la mamma poi l'aveva finita, l'abbiamo trovata. Era su un'agenda con la copertina di cartone blu, le pagine scritte fitte fitte, metà con l'inchiostro rosso e metà con l'inchiostro blu, senza cancellature. Conoscendola, immagino che avrà letto le opere e studiato la critica, e poi buttato giù la tesi in due sole volte *senza guardare,* con la prima penna che trovava. La tesi era scritta benissimo: se mai l'avesse consegnata si sarebbe laureata con il massimo dei voti.

Chissà perché decise di non presentarla. È vero che è una sindrome di molti, quella di non finire l'università anche se il più è fatto, ma lei a scuola era stata molto brillante.

La mia interpretazione è che non laurearsi sia stato un modo per avere sempre qualcosa di cui lamentarsi, un evento scaramantico che la tenesse al riparo da guai maggiori. *Già non mi sono potuta laureare, nonostante a scuola fossi la migliore della classe: ora non mi capiterà nient'altro, vero?*

La mamma che ho conosciuto io aveva immancabilmente qualcosa di negativo da evocare, e quando non l'aveva se lo immaginava. Cose importanti ma soprattutto cose minime, quotidiane. Del genere che se decidevamo di andare in un certo ristorante o al cinema diceva *di sicuro non troveremo posto.*

Non ci sarà posto al ristorante, Non troveremo mai un parcheggio, Se andiamo al mare sarà brutto tempo:

il primo pensiero della mamma su qualunque cosa era sempre nero. Questo la teneva al riparo dalla delusione, se doveva venire.

Quand'ero ragazzina queste sue manie mi facevano impazzire e le dicevo: «Mamma, ma quando avrai un problema vero cosa farai?».

Quando poi il problema vero arrivò, con il cancro del babbo, le sue tecniche scaramantiche un po' le servirono: per proteggerla e proteggerci da lei non le dicemmo mai come stavano veramente le cose, e lei non volle saperlo finché non divenne evidente.

A fare le spese della sua ansia malcurata fu sempre tutta la famiglia e da ragazza le ho portato rancore per questo. Anche se in fondo non ne aveva colpa: ha avuto una vita troppo faticosa e sacrificata per *una ragazza che era nata per sposare un principe,* come le diceva lo zio Fifo per prenderla in giro.

Lei invece di sé diceva *volevo fare la giornalista e non ho fatto nemmeno la giornalaia* e nei momenti di maggior esasperazione sbuffava dichiarando di essere *una schiava della famiglia,* anzi soltanto *ssschiava!,* con la *sch* e il punto esclamativo.

Può darsi che la mia interpretazione della sua mancata laurea sia contorta: forse le cose andarono così e basta. Si era sposata, doveva lavorare perché lo stipendio da guardia forestale del babbo non bastava, e si sa com'è quando si entra in un tran tran di lavoro. Poi nel '50 nacque mia sorella, e con un bambino è ancora più difficile.

Studiare, lavorare, pensare alla bimba e alla casa, con pochi soldi e senza parenti che potessero darle una mano: come avrebbe potuto frequentare Urbino per dare la tesi, da quel tipo poco organizzato che era?

I suoi racconti dei primi anni da maestra erano esilaranti: descriveva grandi sacrifici ma anche un'esperienza umana unica. Oltre all'auto di piazza di Marrara e alla mucca di Casaglia, il suo racconto preferito era quello del *gato di Pregnolato*, un episodio del periodo in cui insegnava a Codigoro, paese della Bassa a quaranta chilometri da Ferrara, dove andava con la littorina.

Aveva un'unica pluriclasse, dalla prima alla quinta, con cinquantasei bambini di tutte le età, figli di pescatori o contadini semianalfabeti.

Un giorno sequestrò un bigliettino volante.

C'era scritto *caro Pregnolato, ogi pomerigio vieni a casa mia che impregnamo il gato?*

Insieme a *Contadin Fortunato*, questo *Pregnolato* con il *gato* da *impregnare* è uno dei personaggi che io e Donatella nominiamo più spesso.

Come l'episodio della supplenza del babbo: un giorno la mamma aveva la febbre così alta che non poteva andare a scuola. Nella sede di Codigoro non c'erano segreteria né colleghi per sostituirla. Allora lei, come se fosse la cosa più naturale del mondo, mandò il babbo, che tenne lezione per quattro ore. Quel giorno i cinquantasei alunni furono angelici e in classe non si sentì volare una mosca.

Diceva la mamma che non si accorse di essere incinta di Donatella fino al quinto mese di gravidanza: era magrissima, andava a Casaglia – la nuova sede che le era stata assegnata – con il motorino e continuava ad avere le mestruazioni, cosa che può capitare.

Quando le dissero che aspettava un bambino si stupì, ma non smise di andare a scuola con il Mosquito.

Nonostante il pessimismo, la mamma era il contrario di una persona ipocondriaca. Le malattie le rimuoveva proprio, sempre perché le *facevano impressione.*

Fino agli ottant'anni non l'ho quasi mai vista a letto con l'influenza, né soffiarsi il naso per un raffreddore. Solo gli ultimi tempi d'inverno si ammalava almeno una volta, come tutti.

Non so come abbia reagito alle sue gravidanze. Quella di mia sorella probabilmente la affrontò *senza guardare.* Restò magra anche dopo la sua nascita, cominciò a ingrassare solo qualche anno dopo. Quando ebbe me a trentotto anni invece prese molto peso, e raccontava sdegnata che le si erano addirittura gonfiate le gambe, che aveva sempre avuto sottili e slanciate.

Però non si è mai curata della linea, anzi, si trovava più bella quando è diventata grassa, o almeno così sosteneva.

Da anziana aveva la pancia e quando le calava un po', magari dopo un inverno triste in cui aveva mangiato svogliatamente, diceva che era troppo magra, anche se pesava più di settanta chili.

Un testamento. Castello e le radici

I defunti hanno tutta la mia solidarietà: hanno fatto una bella fatica a nascere, vivere e morire.

Leggo attentamente i necrologi sui quotidiani. Dai nomi, dalle parole scelte dai parenti per salutarli, dall'età e dai luoghi cerco di ricostruire le loro storie e le circostanze in cui se ne sono andati, e mi emoziono.

Trascuro le vittime dei casi di cronaca nera, perché la ridondanza di quelle morti violente ruba la scena alle loro vite. Non più donne o uomini, ma vittime: un destino incompiuto.

Per morire con dignità serve una vita sensata e una fine autorevole: una malattia, un incidente fatale, una decisione drammatica.

La mia morte non mi spaventa, anzi m'intenerisce. L'unico pensiero è per i figli: che non si separino, perché sono stati concepiti per essere fratelli. Hanno padri diversi, potrei convincerli a vivere insieme se io morissi?

Sono padri eccellenti, la casa nuova è grande, forse potrei.

Quasi quasi lo scrivo nel testamento, le parole di un morto bisognerebbe pure ascoltarle: "Se dovessi morire prima che Ludovico ed Emilia siano grandi, vorrei che abitassero insieme ancora per un po'".

Mio padre lasciò scritto di non vendere mai la villa di Castello e, nonostante da più di vent'anni ci andiamo pochissimo, la casa è ancora lì.

Ha i buchi nelle finestre del solaio, i piccioni entrano e rovinano tutto. Dalla nostra parte (la casa è stata divisa tra quattro dei cinque figli del nonno) abbiamo chiuso luce e gas, ed è tutto lasciato andare. In questi anni ci è costata più di quanto potessimo permetterci, ma è ancora lì.

Il giardino, con le siepi scure dalle foglie pelose che chiamiamo *il gabinetto della zia Amelia* perché la sorella della nonna Atala andava a farci la pipì, è ancora lì.

La cavità tra i due grandi cipressi, dove ci nascondevamo a giocare da bambini noi cugini, ed era la nostra capanna in fondo al giardino, è ancora lì.

E la fontana arrugginita dove per bere bisognava girare una ruota e poi usciva acqua arancione a fiotti e ci bagnavamo le scarpe. La grande statua bianca della Madonna con il naso rotto da una fucilata dei tedeschi, in un angolo seminascosto per fortuna, che faceva paura a tutti e ci andavamo solo se dovevamo fare una penitenza, il noce abitato dai ghiri e il grande ciliegio ai lati del vialetto d'ingresso, il posto dei ciclamini e quello delle viole, il cancello di ferro con le iniziali del nonno Dante, il piccolo giuggiolo, i grandi tigli, le querce. Tutto ancora lì.

Non c'è più il fico, che segnava il limitare dove

noi bambini arrivavamo in bicicletta e poi iniziavano i campi di grano con i papaveri e le coccinelle. Non c'è più l'orto custodito dalla signora Carati, con l'insalata, i pomodori, le cipolle e le fragole. Non c'è più il glicine che cresceva sulla scala di ferro della casetta di mattoni dove abitavano i custodi e ora sta crollando: ogni settimana arrivano allarmi concitati perché andrebbe demolita.

Non ci sono più le galline francesine, i pulcini che Micione rincorreva felice, i conigli e le caprette bianche e nere portate da mio padre in macchina sedute sui sedili. Naturalmente non c'è più il maiale, che si è conquistato il mio primo ricordo: avevo tre anni e scappavo sul triciclo mentre lui m'inseguiva, anche se Donatella sostiene che questo ricordo è suo e gliel'ho copiato.

È morta una tuia, e una magnolia che era al centro del prato non c'è più, i campi sono stati venduti, ma lo stemma scolorito dei Bignardi sulla torre, un leone rampante appoggiato a una scacchiera – che chissà da dove viene perché la nobile di famiglia semmai era la mamma –, è ancora lì.

La villa di Castel San Pietro la comprò il nonno Dante nel 1935 da *un certo Riguzzi*, che l'aveva costruita alla fine dell'Ottocento. Grande e rettangolare, con una torre centrale e due terrazze laterali, enormi portoni ovali, la facciata di mattoni rossi e intonaco giallo con i profili scuri attorno alle finestre, le tegole di terracotta rossa. Tutta circondata da viali di ghiaia dove mi sbucciavo le ginocchia cadendo dalla bicicletta, e allora mica c'erano il disinfettante che non brucia e i cerotti colorati, se andava bene un po' d'alcool puzzolente e il fazzoletto da naso legato intorno, che poi si attaccava al sangue rappreso e bisognava strapparlo e la ferita si riapriva, lasciandoti le cicatrici.

Lì ho passato ogni sabato e domenica e ogni giugno e settembre fino ai diciott'anni. A giugno c'erano lucciole e ciliegie e, siccome veniva buio tardi, noi cugini dopo cena andavamo in paese a mangiare il gelato da Pippo in Montagnola, cinquanta lire di stracciatella e cioccolato.

A settembre c'erano uva e noci e i primi freschi ci emozionavano facendoci pensare all'autunno con un nuovo anno di scuola che arrivava: quei crepuscoli sono ancora lì.

Ogni bambino dovrebbe avere dei nonni da andare a trovare in campagna la domenica e durante le vacanze, dei cugini con cui giocare a nascondino in giardino e litigare, una capanna dove calarsi le mutande e mostrarsi *la pia e il pistolino*, come abbiamo fatto noi una volta e i grandi ci beccarono subito.

E d'inverno il freddo, perché non c'era riscaldamento ma solo stufe a legna Becchi di terracotta rossa, e la notte a letto bisognava infilarsi velocemente sotto alla coperta imbottita e riscaldare le lenzuola con lo scaldino, ma il letto era gelato lo stesso.

Noi quattro dormivamo tutti nella stessa stanza al piano di sopra: il babbo e la mamma nel lettone di ferro verniciato di nero, con le palle e le lance sulla testata, la peretta per accendere la luce che gli penzolava sulla testa e il quadro della Sacra Famiglia appeso sopra; io e Donatella su due alte reti di fianco al loro letto, appoggiate contro al muro, con il babbo che russava e la mamma che gli faceva il verso dei gatti perché smettesse.

La zia Annalena con Ferruccio e i miei cugini Marco e Marinella avevano una stanza in fondo al corridoio e lo zio Fifo, che abitava a Roma e in campagna veniva poco, ne aveva due, ma un po' squallide, dove noi non entravamo mai.

La stanza più grande e più bella, con il terrazzo, era la camera della nonna Atala, padrona di casa assoluta da quando il nonno era morto sette anni prima che nascessi io, nel 1954.

La camera della nonna ci metteva soggezione perché aveva alti lettini di legno scuro con le testate scolpite e i copriletti damascati, la toeletta con il piano di marmo rosa, poltroncine di velluto e specchiere.

La stanza cosiddetta *della bisnonna Ida,* madre della nonna Atala, morta nel '57 a novantadue anni, era in cima alle scale. Nessuno voleva dormirci: preferivamo stare un po' ammassati ma insieme, perché la notte sentivamo dei rumori venire dal solaio e sostenevamo che ci fossero *i fantasmi che alzano i materassi.*

Qualcuno della famiglia, non so più chi, giurava di averli visti veramente i materassi che si alzavano. Una volta la nonna chiamò persino il prete a benedire la casa per scoraggiare questi fantasmi, hai visto mai ci fossero davvero. Nel dubbio, il babbo teneva in camera vicino al letto il suo fucile da caccia, con le cartucce sparse insieme ai miei calzini e ai gomitoli del lavoro a maglia della mamma.

Oltre al solaio ci spaventavano le cantine, enormi, a grandi volte, dove si conservavano legna, tini per la vendemmia e bottiglie di vino. Ci sono scesa di rado, da piccola, terrorizzata dal buio e dai ragni ma soprattutto dai racconti della nonna Atala sullo *scheletro di un tedesco.*

Durante la guerra la casa era stata confiscata dai tedeschi che ne avevano fatto il loro comando militare, bruciando molti mobili del Seicento per scaldarsi e sparando la famosa fucilata che spezzò il naso alla statua della Madonna. La nonna raccontava gravemente, ma nessuno le credeva del tutto, di un soldato tedesco morto per malattia, che sarebbe stato sepolto in cantina dai suoi commilitoni.

L'estate scorsa, un torrido giorno di fine agosto, Donatella e io ci siamo viste a Castello per andare al cimitero dalla mamma e abbiamo pranzato alla Chiusa, una trattoria all'aperto vicino a una vecchia chiusa del fiume Sillaro. Il cameriere ci ha riconosciute come *ragazze Bignardi,* da giovane abitava di fronte alla villa e ci vedeva passare. Noi l'abbiamo molto interrogato su quei tempi, facendo l'inventario dei castellani che conoscevamo allora: Willy, Osvaldo, i fratelli Bovolenta, i Parenti, Dante Badiali, il Cocco e il Brito...

A un tratto si è unito alla compagnia un signore più anziano, raccontando in dialetto che vent'anni prima mio zio Fifo gli aveva affidato la pulizia delle cantine e lui aveva lavorato tre giorni per svuotarle dalla legna e dai vetri rotti, scoprendo a un certo punto un teschio umano. «Allora c'era davvero lo scheletro del tedesco!» abbiamo gridato insieme io e Donatella. Lui ha aggiunto senza scomporsi di averlo subito polverizzato con un colpo di vanga «e buonanotte», e se ne è andato lasciandoci a bocca aperta.

Dopo abbiamo pensato a lungo a quei poveri resti

senza sepoltura, rimasti decenni nella nostra cantina, con chissà che storia alle spalle. Sicuramente un soldato dato per disperso, e perché i suoi compagni l'avranno abbandonato lì?

In cantina si scendeva con una lunga scala da una porta vicino alla vecchia cucina, dove mangiavamo solo a mezzogiorno. La sera cenavamo al grande tavolo con i piedi leonini della sala con il pianoforte, che aveva i muri dipinti di verde e di azzurro. Il salotto più bello, con gli affreschi sul soffitto e i mobili più antichi, l'usavamo poco. In quella stanza c'era, e c'è ancora, un grande camino con sopra dipinta la scritta "*La fiamma del camèn la dis costet puvrén*", ovvero: "La fiamma del camino dice: avvicinati, poverino". Questa scritta non mi ha mai convinto: non assomigliava alla nonna Atala e non so se l'avesse scelta il nonno o se l'avessero già trovata in casa.

Al piano terra non c'erano bagni, motivo per cui l'anziana zia Amelia e noi tutti facevamo pipì dietro alla siepe: al primo piano lo zio Fifo aveva un bagnetto vicino alle sue stanze e noialtri, tra genitori, zii, cugini e la nonna, andavamo nello stesso enorme bagno pieno di ragni pelosi, con il pavimento di cotto rosso traballante e una vasca con i piedini che non ho mai visto usare da nessuno: con l'acqua gelata, d'inverno, ci si lavava poco.

Per anni a Milano ho cercato una casa che assomigliasse anche solo un po' a quella di Castello, un appartamento che me la ricordasse in qualcosa: i soffitti alti o i pavimenti scricchiolanti e qualche crepa nei muri, o almeno i ragni.

L'ho trovata poco prima che morisse la mamma: soffitti alti e crepe, e anche qualche ragno.

Abbiamo fatto in tempo a passarci l'ultimo Natale insieme, il primo Natale a Milano a casa mia e non a Ferrara da Donatella, come sempre negli ultimi vent'anni.

C'era una stanza per la mamma nella casa nuova, la stanza dove sto scrivendo adesso, ma in fondo lo sapevo che lei non avrebbe mai lasciato Ferrara, dove aveva passato sessantun anni della sua vita. Anche se lì, oltre a mia sorella, non aveva più nessuno, nemmeno il gatto Alonzo.

A Castello ormai la mamma andava solo un paio di volte all'anno, per salutare il babbo al cimitero. La casa che non era più quella di una volta, con tutti i suoi problemi difficili da gestire, da lei complicati ulteriormente, le metteva tristezza. Non ci entrava quasi mai e se ci entrava si metteva inutilmente a pulire e *faceva una gran sgobbata*, poi tornava a Ferrara recriminando sulla casa lasciata andare e sulla sua stanchezza.

Ma la casa, come ha voluto il babbo, è ancora lì. Sarebbe bello che qualcuno dei miei figli ci tornasse con i suoi figli, ma chissà.

Non vi chiederò troppo: solo di passare l'infanzia insieme anche se io non ci fossi più.

Ho domandato a un amico notaio come si fa testamento: mi ha detto che perché sia valido deve essere olografo, cioè scritto a mano, datato e firmato.

Quello di mio padre era nel cassetto della sua scrivania in veranda, il mio potrei metterlo nella scatola di legno dietro al computer, quella dove tengo i documenti e le schede elettorali. Scriverei così:

"Cari miei, qui tutto bene. Sono morta felice di avervi fatto nascere, perché come vi ho ripetuto tutta la vita siete *belli buoni bravi simpatici e intelligenti*. Volevo dirvi che, anche se non ci sono più, mi piacerebbe che abitaste ancora insieme. Non importa se adesso qualche volta litigate: quando sarete grandi capirete cosa vuol dire avere un fratello o una sorella. Ma bisogna dividere la quotidianità dell'infanzia per saperlo. Andare in vacanza insieme, sempre negli stessi posti. Continuate a passare giugno o luglio al mare, nella casa di Marcello a Isola Rossa, andate a Ferrara a trovare la zia Donatella qualche fine settimana e anche al Lido degli Estensi, che fuori stagione non è male, e a Comacchio si mangia il pesce migliore che ci sia.

Venitemi a trovare qualche volta al cimitero di Castello e fermatevi a mangiare le crescentine fritte con il prosciutto crudo e lo squacquerone da Cesare. Sarebbe bello se non vendeste la casa dei nonni e se riusciste a sistemarla e ad andarci in vacanza ogni tanto, ma vedete voi. Se decidete di venirci ricordatevi che giugno e settembre sono i mesi migliori e che si può fare il bagno alle Braglie del fiume Sillaro."

Dante, Atala, il furentismo e la guerra d'Etiopia

Il giorno di Natale del 1880 il bisnonno Giuseppe morì, lasciando dieci figli. Il più piccolo era mio nonno Dante, che aveva solo cinque anni. Il nonno Dante crebbe allegramente con nove fratelli: sei maschi e quattro femmine Bignardi da Castel Guelfo – paesino di tremila abitanti vicino a Castel San Pietro – i cui figli, nipoti e pronipoti sono ormai sparsi in giro per il mondo.

Due dei fratelli del nonno, Isidoro e Luca, divennero sacerdoti. Dello zio Luca si diceva che fosse matto, infatti quando qualcuno dei figli o dei nipoti dava segni di stranezza, il commento era: «Sarà matto come lo zio Luca». E finiva lì. Un altro si chiamava Luigi Alfredo Decimo, padre di due figlie e nonno di Annalena Tonelli, la missionaria laica uccisa nel 2003 nel suo ospedale in Somalia.

Il bello della famiglia era Francesco, *pistulen sempar dret*, lo definiva sua moglie, zia Cesira, non sappiamo se compiaciuta o provata.

Della sorella più giovane, Lucia Rosa Cleopatra, ho trovato una cartolina spedita da Fucecchio, dove si era sposata. Nonostante quel nome altisonante si firmava semplicemente "Rosina". Si faceva invece chiamare "Ceda" la zia Annunziata Adelina Decima, di cui si tramanda piangesse sempre.

In giro per il mondo sicuramente ci andò Pina, figlia di Luigi, che nel 1945 conobbe e sposò un bielorusso apolide e con lui s'imbarcò per l'Argentina stabilendosi poi a Buenos Aires. Divenne Pina Bignardi Hradowy, la zia di Annalena Tonelli. L'Annalena dell'Argentina era una scienziata simpaticissima, alta e bionda come lo slavo sposato da sua madre, la zia Pina, che una volta venne a trovarci a Ferrara eccitandoci molto, perché aveva i capelli tinti di biondo, fumava e diceva le parolacce.

Di molti dei miei zii paterni non so quasi nulla, solo il nome. A mantenere i rapporti con loro era soprattutto il babbo, che amava fare visita a tutti i parenti, zii, cugini e nipoti, fossero a dieci o a mille chilometri di distanza.

Il nonno Dante si laureò in Veterinaria a Bologna nel 1902: in internet viene citata la sua tesi di laurea sulla tubercolosi bovina.

Iniziò a fare il veterinario a Castel San Pietro e si sposò una prima volta con Evelina Selva, da cui ebbe due figli, Giorgio e Albertina. Come la prima moglie del nonno Oliviero, anche Evelina morì attorno al 1910 per un'epidemia, incinta di una bambina: il nonno Dante e il nonno Oliviero avevano in comune il fatto di essere entrambi repubblicani e vedovi con due figli.

E di amare le donne.

Solo che, mentre il nonno Oliviero apprezzava solo le donne belle, al nonno Dante piacevano quasi tutte.

Io il nonno Dante non l'ho conosciuto, ma Donatella mi ha raccontato che era simpatico, colto e di un'ironia strepitosa, dote ereditata soprattutto dallo zio Fifo. Era però riservato, tranquillo, un tipo che voleva stare in pace e la cui unica trasgressione erano gli amori ancillari. Una greve leggenda famigliare racconta che fosse stato sorpreso con una cameriera zoppa alla quale, per pareggiare la statura, avrebbe messo un vocabolario sotto un piede.

La mamma diceva che da queste relazioni il nonno aveva avuto due figli illegittimi. Una volta al ristorante il babbo si era alzato per andare ad abbracciare uno sconosciuto e, tornando al tavolo, le aveva detto con naturalezza: «Era mio fratello».

I Bignardi sono sempre stati aperti e divertiti a proposito delle cose di sesso dei maschi di famiglia, che avevano fama di grandi amatori. Su questa fama si sprecavano le battute da caserma, dal già ricordato *campione di salto con l'asta senz'asta*, titolo che lo zio Ferruccio aveva dato a mio padre, al *pistulen* dello zio Checco.

Il nonno era cugino del poeta Corrado Govoni, fatto di cui mi vantavo con la maestra poiché la mia scuola era intitolata proprio a lui. Da piccola la mia preferita tra le sue poesie era *Lo scricciolo*:

> Su e giù, va e viene sempre inquieto,
> fruga e becca tra gli spini:
> qua un seme, là una goccia ed una foglia
> senza che di mangiare abbia gran voglia,
> senza saper se voli o se cammini.
> Somiglia alle ragazze più vivaci:
> le tieni ferme solo con i baci.

Da grande invece mi conquistò la poesia scritta in morte del figlio Aladino, ucciso dai tedeschi alle Fosse Ardeatine, scolpita su una lapide posta vicino alla sua tomba nel cimitero di Ferrara:

> Quante croci ho portato in vita mia!
> Croci d'amore, croci di poesia.
> Tante ne vidi e tante ne portai
> che persino le braccia in fiore al mandorlo
> vidi alzar disperatamente in croce.
> Ma la croce più perfida ed amara
> è quella che ora porto nel mio sangue.
> Inchiodata con chiodi incandescenti:
> la croce della povera tua bara.

I figli della *povera Evelina*, fratelli maggiori di mio padre, si chiamavano Giorgio e Albertina. Lo zio Giorgio morì d'infarto a sessantadue anni. Dei figli maschi era quello che dette al nonno Dante più soddisfazioni: si laureò in Veterinaria con 110 e lode come lui, non giocava a carte e non correva dietro alle ragazze.

Il babbo era molto affezionato al fratello maggiore e Donatella ricorda il giorno che a dodici anni, tornata da scuola, lo trovò in veranda che piangeva come un vitello, singhiozzando: «È morto mio fratello Giorgio». Dice che fu la sola volta che lo vide piangere, mentre io ne ricordo un'altra in cui lei non c'era.

Una domenica stavamo andando a pranzo in un ristorante di Castel San Pietro: l'atmosfera era pesante perché i miei avevano litigato rabbiosamente, cosa che succedeva spesso. La mamma non si accorse di un gradino e cadde a terra, battendo forte la testa. Il babbo si precipitò su di lei urlando: «Gianna, tesoro!» con le lacrime agli occhi, in preda a un'ansia che non avevo mai visto e non rividi mai più. Così come non lo sentii mai più chiamare "tesoro" la mamma, che dopo poco si rialzò con un bernoccolo ed entrò nel ristorante, dove mangiò di gusto tortellini in brodo, arrosto di vitello e zuppa inglese.

Rimasto vedovo con Giorgio e Albertina, la zia Tina dalle gambine da merlo come le mie, il nonno Dante conobbe la nonna Atala, signorina di Bologna che veniva a Castello a trovare una cugina.

La nonna era del 1885, per quei tempi già un po' zitella, e nel 1913 lei e il nonno Dante si sposarono: mio padre nacque l'anno dopo.

La nonna Atala era riservata, poco espansiva: l'unica della famiglia che non sparlasse mai di nessuno e si facesse i fatti suoi. È la sola nonna che ho frequentato, morta quando avevo quattordici anni.

Donatella e io siamo rimaste a bocca aperta, persino invidiose, leggendo le cartoline appassionate che le scriveva il nonno durante il fidanzamento. Una diceva:

> Animuccia,
>
> ognuno conosce nelle sofferenze le proprie passioni. Immagina in questi giorni le mie che mi resero bambino irragionevole e ingiusto. Ho ricevuto tutto, ora sono raggiante e di una felicità completa. Intanto ti giuro che ogni mia mossa fu ispirata solo dalla grandiosità smisurata del mio prepotente affetto.
>
> Sempre tutto tuo, come puoi assolutamente credere. Baci e carezze infinite.
>
> Tuo Dante

Quali mosse ispirate dalla grandiosità del suo prepotente affetto avrà mai fatto il nonno Dante? E cosa avrà ricevuto?

La nonna non sembrava donna da generare incontrollabili passioni, ma forse a trent'anni sarà stata diversa che a ottanta. Avrà avuto il *furentismo.*

Il *furentismo* penso fosse una sua invenzione linguistica, che noi ancora usiamo perché rende benissimo l'idea dell'entusiasmo amoroso.

«Ma c'è quel *furentismo*?» chiedeva quando veniva a sapere che stava nascendo un nuovo amore.

«C'è un gran *furentismo*!» commentava contenta quando vedeva che il moroso era molto preso.

«Non c'è più quel *furentismo*...» constatava quando capiva che qualche amore era in crisi.

Mio padre fu il loro primo figlio: dopo sette anni, nel '21, i nonni ebbero lo zio Fifo e dopo altri otto, nel '29, la zia Annalena.

Un figlio ogni sette-otto anni: la nonna non andava matta per i bambini. Fosse stato per lei, ne avrebbe fatto uno solo. Quando una coppia si sposava gli diceva sempre che *basta farne uno per far vedere che si è capaci.*

Un'altra sua frase celebre era *frulli frulli, chi li fa se li trastulli.*

Le poche volte che mi lasciavano da lei in campagna mi dava da mangiare poco – un brodino insipido, un formaggino – e mi trattava sbrigativamente.

A me quel trattamento piaceva molto ed ero sempre contenta di rimanere sola con lei, che non era apprensiva come la mamma e mi lasciava tutto il giorno in giardino a farmi i fatti miei.

La trovavo riposante. E le chiedevo sempre di raccontarmi di quando suo padre Alfonso Martelli, carabiniere bolognese, prima che lei nascesse fu mandato a Sciacca, in Sicilia, e uccise il brigante Merlo, impresa per la quale gli conferirono una medaglia d'argento al valor militare. Era il suo racconto preferito.

La madre della nonna Atala, quella bisnonna Ida nella cui camera vuota non voleva dormire nessuno, mangiava poco e le faceva schifo tutto. Il suo *purcarì*, "porcheria", è rimasto il commento famigliare di fronte a un piatto malriuscito.

Zia Annalena, interrogata da Donatella sul lavoro che faceva la bisnonna Ida, ha ricordato che la sua famiglia aveva in via Caprerie a Bologna *un negozio di uccelli morti*, immagino intendesse cacciagione, anche se lo zio Ferruccio ha fatto battute a doppio senso tutto il tempo, e detto *c'era da immaginarselo*. Ferruccio, quello della *Gennerosa*, ha sempre avuto una predilezione per calembour e doppi sensi, come dimostra il suo geniale romanzo inedito *L'ho conosciuta in Barocco, a cassapanca.*

Avere un bambino a quarantaquattro anni nel 1929 dovette essere per la nonna Atala un'esperienza sconvolgente.

Lei, solitamente così pratica e priva di slanci, perse la testa per la piccola Annalena.

Quando la zia ebbe sei anni il nonno Dante comprò la famosa villa di Castello, e in suo onore la chiamarono Villa Annalena.

Dopo di lei, altre tre bambine furono chiamate così: la cugina Annalena Tonelli, la missionaria laica che nel 2003 venne uccisa in Somalia, poi un'Annalena biologa, figlia della zia Pina emigrata a Buenos Aires, e infine mia nipote Annalena, la figlia maggiore di mia sorella.

Tutte molto carine: l'Annalena missionaria, poi, era una bellezza.

Lei e i suoi tre fratelli erano nati a Forlì: sua madre Teresina non aveva varcato l'oceano come la sorella Pina, ma aveva sposato un medico di Forlì, il dottor Tonelli. La mamma ci parlava spesso di questi quattro bambini belli e biondi, che quando venivano a trovare gli zii a Castello giocavano in giardino tranquilli ed educati. La bella e bionda Annalena a venticinque anni lasciò la famiglia per trasferirsi in Somalia, tra i poveri.

Era una donna eccezionale. Due anni prima che venisse uccisa nel suo ospedale dai terroristi islamici l'Onu le aveva assegnato un premio importante, il Nansen Refugee Award. Ha lasciato scritto: "Scelsi da bambina di essere per gli altri, i poveri, i sofferenti, gli abbandonati, i non amati; volevo seguire Gesù Cristo, null'altro mi interessava così fortemente: Lui e i poveri per Lui".

La mamma diceva che non a caso Annalena era una Tonelli e non una Bignardi, *besctie ed egoiscti*, ma dopo la sua uccisione non voleva mai parlare di lei, perché questa storia le *faceva impressione*.

Il nonno per passione teneva anche un allevamento di cavalli da corsa, in società con lo zio Checco. Avevano quattro o cinque cavalli, tutti campioni; uno era molto famoso e si chiamava Prince Ingomar. La zia Annalena nella sua casa di Liano conserva un manifesto:

Stagione di monta 1923.
F.lli dott. Dante e Francesco Bignardi
Castel San Pietro, Emilia.
Stalloni Prince Ingomar e Trostnick
£ 1200

Il nonno andava matto per gli animali, ed era molto competente e preparato nel suo lavoro di veterinario.

Invece il babbo e lo zio Fifo da giovani non avevano voglia di studiare e furono mandati in collegio dai preti salesiani, a Faenza. Ogni tanto scappavano, ma alla fine il babbo prese il diploma di perito agrario. La sua cultura umanistica si fermava a certi brani della *Divina Commedia*, che recitava a memoria. Il suo verso preferito era: "Ed elli avea del cul fatto trombetta" e lo ripeteva tutto contento.

Scriveva però molto bene ed era grafomane, come tutti i Bignardi, mentre la mamma, che era stata la prima della classe in italiano, scriveva solo i registri di scuola, pagine e pagine che avrebbe dovuto compilare un po' alla volta durante l'anno e che invece buttava giù in un pomeriggio l'ultimo giorno di scuola, *senza guardare*, come l'arrosto, con la sua grafia meravigliosa.

Anche il babbo aveva una bella grafia, tutta svolazzi inclinati, mentre io e mia sorella l'abbiamo orrenda. Donatella dice scherzando che è indice di seri problemi psicologici, e magari ha ragione.

Il babbo invece di studiare preferiva giocare a carte, e così nel 1933, a diciannove anni, partì per Genova come soldato volontario con la ferma di due anni.

Nel settembre del '35 era a Bengasi, in Cirenaica, dopo pochi mesi lo mandarono a Massaua, in Eritrea. Tornò dall'Africa dopo un anno, e durante la guerra andò in Croazia. Raccontava che durante il viaggio la sua nave naufragò e lui si salvò raggiungendo la costa, nuotando per qualche chilometro. Ne parlava con naturalezza, mentre a noi quella storia faceva molta impressione e lo immaginavamo rischiare la vita arrancando tra i flutti.

Quando si parlava di Africa gli si inumidivano gli occhi, alludeva in tono nostalgico a spettacolari ragazze eritree e ad amici scomparsi, ma non ha mai raccontato nulla di preciso. Era stato un fascista convinto, ma ripeteva frasi generiche come *la guerra è una brutta cosa*, oppure *l'errore di Mussolini è stato quello di allearsi con Hitler ed entrare in guerra,* senza mai dire niente di quello che in guerra aveva visto o fatto lui.

Teneva in veranda un album rilegato in pelle con bellissime fotografie di animali esotici, ragazze a seno nudo, beduini e cammelli. Da bambina lo sfogliavo senza rendermi conto che nelle pagine finali c'erano immagini di cimiteri, forche e cadaveri.

Quando, poco tempo fa, ho ripreso in mano quell'album e guardato attentamente ogni fotografia, mi è venuto un colpo al pensiero che mio padre ventenne potesse aver fatto del male. Ho temuto per me e per lui che avesse dovuto, o magari voluto, uccidere.

So che è un'ingenuità: è stato un militare per dieci anni e ha partecipato a diverse guerre, è stato persino in Iugoslavia, sarebbe normale se avesse ucciso, anche se non ne ha mai parlato.

Ma il babbo era la persona meno violenta del

mondo: in vent'anni non gli ho mai visto compiere un gesto aggressivo e nemmeno sgarbato. Era mite e gentile, soprattutto con le persone più semplici: immaginare che uno come lui possa avere fatto del male presuppone che chiunque possa farlo, ed è un'idea che non riesco ad accettare.

Per la mia generazione la guerra è ancora un tabù. Tanti dicono che è un tabù cretino, e che gli ultimi conflitti in Kosovo, in Bosnia e in Afghanistan dimostrano che le cose sono più complicate, ma se mio padre in guerra avesse ucciso io non vorrei saperlo, per non doverlo accettare.

Tra le tante delicatezze di cui gli sono grata, c'è quella di non averci mai detto cosa ha fatto in quel periodo, a parte innamorarsi di una ragazza iugoslava che si chiamava Nada. Nada gli regalò un cagnolino con il suo stesso nome che il babbo portò con sé in Italia, nascosto nel suo inseparabile tascapane.

La cagnolina Nada fu molto cara alla nonna, ora è sepolta in giardino a Castello, dietro la Madonna, il nostro cimitero dei gatti e dei cani.

Quand'è che una ragazza

Quand'è che una ragazza profonda, intelligente, vibrante di emozioni, vita, sogni, speranze e innamorata della letteratura, quand'è che una donna bella, amata, amabile, una bomba di donna dagli occhi splendenti, piena di amiche che la adorano per la sua anima generosa e allegra diventa una persona ansiosa, pessimista e sempre preoccupata, schiava del dover fare, schiava delle mille incombenze che non danno più gioia perché insieme sono troppe?

La casa, i bambini, il lavoro. E non c'è più tempo di studiare, di leggere e di sognare.

La mamma non aveva senso pratico, non era organizzata, non era razionale. Non era portata per la conduzione della casa, come non lo siamo né io né mia sorella. Il latino e la letteratura francese non l'hanno aiutata quando si è trovata a dover gestire una famiglia da sola.

A Ferrara lei e il babbo non avevano parenti, non avevano denaro, ma soprattutto non avevano metodo: erano improvvisati e pasticcioni. Non erano né religiosi, né consumisti, né ambiziosi, né veramente conservatori. Avevano solo loro stessi, e la famiglia dei nonni da andare a trovare in campagna il sabato e durante le vacanze. Avevano il loro piccolo giardino, con le tartarughe e le tortore, i fagiani e il cane, che piaceva soprattutto al babbo.

La mamma aveva il suo lavoro di maestra, che per l'insuperabile latinista era il simbolo del fallimento: non era stata capace di laurearsi nonostante gli studi brillanti e nei primi tempi doveva andare fino a Codigoro per insegnare a scrivere a cinquantasei bambini analfabeti mentre avrebbe voluto parlare di Émile Zola a una classe di liceali.

Aveva mia sorella Donatella, nata dopo cinque anni di matrimonio. Aveva le colleghe maestre. Alcune di loro diventarono sue amiche adoranti: la Zita, l'Ottavia, l'Amina, l'Emma e la Lea che le dicevano sempre quanto era bella e simpatica. Aveva qualche bel vestito che disegnava da sola, si faceva confezionare da una sarta di via della Ghiara e indossava regalmente.

Aveva il babbo, con il quale si erano piaciuti e voluti e amati ed era bello e affettuoso, ma un po' *spoetizzante*: lei raccontava che subito dopo il matrimonio aveva cominciato a russare la notte e a *tirar su quando beveva il brodo*, e ci era rimasta male.

Erano una coppia uscita dalla disfatta del fascismo, in cui avevano creduto, e si erano ritrovati a vivere nella città più comunista d'Italia.

Uno dei pochi valori in cui si riconoscevano, oltre al comune amore per patria, famiglia, natura, animali e vino buono, era un focoso anticomunismo.

Per il resto, chi erano quei due a Ferrara, dopo

essere stati i figli del direttore di banca e del veterinario del paese, aver abitato in villa, essere stati conosciuti da tutti per la loro fascinosa giovinezza piena di speranze?

Ma mentre il babbo aveva trovato un centro nel suo buon carattere e nel lavoro, la mamma aveva troppe incombenze per coltivare un equilibrio quotidiano.

Non essersi laureata è stata la prima sconfitta personale, dopo quella fatale della morte di sua madre. Le delusioni legate al matrimonio l'hanno provata. E non credo di peccare di egocentrismo dicendo che il colpo di grazia gliel'ho dato io. Le coordinate della vita di una donna a volte sono banali.

Un figlio a ventisei anni, e ancora ce la fai, anche se lavori, hai pochi soldi, tuo marito è fuori tutto il giorno e invece di una colta professoressa di letteratura francese sei diventata una maestra di provincia.

Due figli a trentotto anni e il meccanismo s'inceppa, diventa troppo faticoso per mantenere l'allegria. Cominciano *i pensieri.*

La menopausa, quindici anni dopo, durante la mia adolescenza, ha completato l'opera. Ecco che la ragazza bolognese bellissima e solare, colta e vibrante, divoratrice di classici russi e francesi, è diventata una donna ansiosa e pessimista che passa la vita a stare *in pensiero.*

Abbiamo litigato per trent'anni io e la mamma, e credevo avremmo litigato per sempre.

Tempo fa mi avevano colpito le parole di una scrittrice: diceva che sua madre era morta da cinque anni e lei non aveva ancora smesso di litigarci. Avevo immaginato che sarebbe stato così anche per me, invece, senza una ragione precisa, circa un anno prima che la mamma morisse mi è cambiato qualcosa dentro, ho sentito che era arrivato il momento di accettarla com'era, e di proteggerla.

Le sono sempre stata devota, nonostante i litigi. Non prendevo nemmeno in considerazione la possibilità di passare un Natale o un suo compleanno lontane. Dopo anni di discussioni e proteste sulla sua mania delle telefonate di controllo avevo capitolato, ormai da decenni, e organizzavo la mia vita attorno alla sua esigenza di sentirmi al telefono ogni mattina, ovunque fossi, sempre e assolutamente all'arrivo da qualunque viaggio, che fosse uno spostamento di dieci o diecimila chilometri. Per lei, che io dovessi andare in America o in montagna a Gressoney, era la stessa cosa. L'idea di ogni mio viaggio su un mezzo che non fossero le mie gambe la terrorizzava. Finché non verificava che ero arrivata a destinazione senza essere morta in un incidente stradale restava in un terribile stato d'ansia.

La mia vita è piena di disperate ricerche di un telefono per avvertirla che ero arrivata, di drammatiche corse a caricare il cellulare o per trovare un punto dove ci fosse campo, di incubi in cui non mi riusciva di chiamarla, di bugie.

Ho cominciato a dire bugie a quattordici anni, il giorno che dovevo andare a una festa fuori Ferrara ma, non essendo contemplata la possibilità che salissi in macchina con qualcuno che non fosse lei, inventai che la festa era a due passi da casa. Ho smesso pochi anni fa, quando mi sono accorta che era meglio dirle la verità, tanto lei le bugie *se le sentiva* e stava ancora più in pensiero, e quando le scopriva si disperava e cadeva in preda all'angoscia perché le scardinavano il suo sistema di protezione dall'ansia.

Ma era così faticoso affrontare le sue sfuriate ogni volta che dovevo annunciare un viaggio, che per anni le ho mentito.

È morta senza sapere che a diciannove anni, quando ancora c'era il Muro, ho passato un Capodanno a Berlino mentre la chiamavo fingendo di essere in Liguria, dove dissi che ero andata in treno.

Il treno un po' la rassicurava, anche se non completamente, mentre l'auto e l'aereo la terrorizzavano, per non parlare della motocicletta.

Credo di non averle mai detto che sono andata in campeggio all'Isola d'Elba con la Vespa, ed è morta senza sapere che in vacanza con le amiche dopo la maturità ci sono andata in autostop, né che da tre anni in agosto andiamo dieci giorni in barca con i bambini, ospiti di Edoardo e Nicoletta.

Mi chiedo come ho potuto dirle che andavo a Sarajevo, quando ancora non era finita la guerra: l'ho rimosso.

In ogni modo, ovunque fossi, e da certi posti davvero non so come ho fatto, l'ho sempre chiamata ogni giorno. Da ragazza gli amici mi dicevano che se me ne fossi infischiata delle sue ansie, e non le avessi concesso l'abitudine di quelle telefonate, prima o poi avrebbe smesso. Ma io sapevo che non era così, e comunque non ho mai avuto il coraggio di farlo.

Le volte che per cause di forza maggiore, un ritardo dell'aereo o un telefono che non funzionava, ho tardato di mezz'ora la telefonata attesa, l'ho trovata in un tale stato di furiosa disperazione che cominciavo a stare in ansia io mezz'ora prima dell'appuntamento telefonico, e a predisporre per tempo il modo per chiamarla, ovunque fossi.

Per tutta la vita ogni volta che sono dovuta partire il primo pensiero è stato come e quando dirlo alla mamma, che invariabilmente si arrabbiava.

Prima cercava di convincermi a non andare, si trattasse di un viaggio di lavoro o di una vacanza.

Zingara, sfrombolona, ti casca la casa addosso? Il repertorio degli epiteti con i quali mi rinfacciava di mettermi in viaggio era vario, ma sempre molto aggressivo.

Quando poi ho avuto i bambini le cose sono peggiorate. Mi faceva sentire in colpa perché mettevo anche le loro vite a repentaglio, con i miei stupidi e inutili viaggi da madre irresponsabile e degenere.

Adesso tutto questo appare solo per quello che era, un problema legato a una patologia psicologica che avrei dovuto affrontare come tale, senza farmene coinvolgere.

Invece per tutta la vita, fino a pochi mesi prima che morisse, è stato il mio tormento.

In fondo io un po' ci credevo di essere una madre snaturata perché portavo i bambini al mare o in montagna in macchina, o andavo a Londra, a Parigi, a Madrid, in America per lavoro, in vacanza in Asia e in tutti i posti dove sono andata.

Se non sono mai stata capace di ridimensionare l'ansia della mamma e di non soffrirne, almeno però non me ne sono mai lasciata condizionare.

Ho sempre viaggiato, da quando ho avuto diciotto

anni, e non c'è posto dove abbia deciso di non andare per evitare la trafila delle sue aggressioni telefoniche, anche se tutte le volte sono stata tentata di farlo.

Ogni viaggio e ogni spostamento comportavano tre stazioni di calvario: l'annuncio, la telefonata prima della partenza e quella all'arrivo. La fase più faticosa era l'annuncio, perché oltre alla violenza della sua reazione dovevo sopportare anche la mia delusione di non avere una madre che gioiva per te se partivi per una vacanza o per andare a ritirare un premio, oppure per un viaggio di lavoro importante. È stupido ma è così: ci ho messo decenni a scendere a patti con l'evidenza di non avere una madre complice ma, in un certo senso, nemica. Anche se non ho mai messo in dubbio il suo amore, e sapevo benissimo che era la sua malattia a farla reagire così, quanto avrei desiderato una madre che almeno una volta mi dicesse: "Vai in quel posto? Che bello, come sono contenta per te".

Una decina d'anni fa una psicologa m'insinuò il dubbio che la mamma fosse gelosa della mia vita movimentata, cosa che mai avevo preso in considerazione. Non so se in questa tesi ci fosse un fondo di verità, ma il pensiero della sua possibile invidia mi aiutò un po' a sentirmi meno in colpa, e ad affrontare le sue sfuriate con più freddezza.

Oltre agli spostamenti e ai viaggi anche i cambiamenti scatenavano le sue ire, in modo appena meno rabbioso ma ugualmente tempestoso. Tutte le volte che ho deciso di cambiare qualcosa nella mia vita, nel lavoro o in amore, l'ho avuta contro, ma questo è più comune. Sono tanti i genitori così, almeno lo erano quelli della generazione di mia madre, che è nata nel 1923, la generazione dei nonni di mio marito.

Quando leggo un'intervista a qualcuno che racconta di avere una madre che l'ha sempre sostenuto nelle sue scelte mi fa uno strano effetto. Per me è fantascienza. Io per ogni mia decisione ho dovuto lottare e, anche se dai vent'anni mi sono mantenuta da sola, ho sempre avuto una madre ferocemente contraria a ogni mia scelta.

Ciò nonostante, ogni volta che dovevo decidere tra il nuovo e il vecchio ho sempre scelto il nuovo.

Vorrà dire che senza una madre così pessimista e contraria sarei stata meno reattiva?

Forse no, forse sarei stata solo un po' più serena e sicura di me, ma mi piace pensarlo.

Mi piace dare un senso a tutto, e immaginare un lieto fine per ogni cosa. Ho sofferto per i nostri litigi, ma quanto mi hanno temprato, e insegnato a combattere: io almeno me la racconto così.

Tanto ormai è così che è andata.

La Giacca

I litigi più seri tra me e mia madre sono iniziati quando, a diciotto anni, ho deciso di lasciare il mio primo ragazzo.

Lui era di Castello, e ai miei genitori non pareva vero che la figlia adolescente continuasse ad andare via con loro il fine settimana, anzi insistesse per non perderne uno.

C'erano già passati con mia sorella, che aveva il suo Stefano a Ferrara e dai sedici anni in poi aveva fatto resistenza alle domeniche in campagna, con conseguenti discussioni e musi lunghi quando la obbligavano ad andare.

Io invece a quindici anni presi una cotta per un ragazzo intravisto una sera di fine estate a Castel San Pietro.

Era seduto su una moto, dietro a un amico, lo vidi quasi di spalle ma mi piacque moltissimo, nonostante o forse proprio perché non era bello, ma di una bruttezza affascinante.

Assomigliava all'attore francese Fernandel, quello di don Camillo e Peppone, o per essere meno antichi a Vincent Cassel, il marito di Monica Bellucci.

Per un anno non pensai che a lui, finché l'estate seguente riuscii a fidanzarmici, si fa per dire. Toccavo il cielo con un dito.

Io avevo sedici anni e lui diciannove e si era appena iscritto al Dams di Bologna. Era un castellano doc: amava la Formula Uno che correva nella vicina Imola, andare in Vespa a fare il bagno al fiume con gli amici, mangiare la piadina alla Chiusa bevendo una Ceres, andare a sentire tutti i concerti possibili nelle discoteche dei dintorni.

Piaceva a tutti perché era brillante, in realtà era molto dolce e non spavaldo come sembrava da fuori.

Era figlio unico e i suoi genitori avevano una pompa di benzina sulla via Emilia. Giocava a tennis, ascoltava i Devo e i Supertramp e mi era devoto.

I suoi comprarono una villetta al Lido degli Estensi per fargli passare l'estate dove andavo io. Conobbe tutti i miei amici del mare e divenne il loro beniamino. Era gentile, simpatico e aveva questa strana faccia da Fernandel-Vincent Cassel che mi piaceva moltissimo. È stato il mio primo ragazzo, e ci siamo voluti bene.

A un certo punto sua madre si ammalò di cancro e lui era molto triste. Io in quel periodo avevo già deciso di lasciarlo, perché dopo due anni la storia si era esaurita, ma per alcuni mesi ho esitato, per via di quella malattia. Ma a diciotto anni non si è bravi in queste cose, e alla fine lo lasciai nel momento peggiore, *besctia ed egoiscta* che ero.

Fino a quel momento avevo avuto una vita tranquilla, appena turbata dai disagi dell'adolescenza.

Faticavo a inserirmi in una città chiusa come Ferrara, dove non avevo parenti né amici di famiglia, soffrivo per le insicurezze dei quattordici anni, vivevo i drammi di quando devi andare a una festa e non ti senti a tuo agio con gli altri ragazzi, insomma: le cose di tutti gli adolescenti.

Ma il tran tran di quei due anni con il mio primo ragazzo mi aveva rassicurato: la settimana a scuola, il sabato e la domenica in campagna con i miei, sempre in giro con lui che poi il mercoledì mi veniva anche a prendere a scuola. Passavamo il pomeriggio in camera mia a sentire dischi e se ne andava prima che salisse la nebbia.

Allora d'inverno la strada tra Ferrara e Castello era quasi sempre immersa nella nebbia, che per me era un personaggio di famiglia, quasi come Micione.

Parto che viene la nebbia, Non partire che c'è la nebbia, Dormo fuori perché c'è la nebbia, Non vengo perché c'è la nebbia.

Grazie alla nebbia, certi mercoledì il mio Fernandel si fermava da noi e, visto che il babbo il mercoledì andava ancora in campagna con *quei ragazzi*, dormiva nella mia stanza, mentre io andavo in camera di mia sorella che nel frattempo si era sposata con Stefano e aveva avuto Annalena.

Due anni così, poi la cotta mi passò.

Il cuore non batteva più, e avevo scoperto il mondo dei compagni della Fgci: a scuola m'innamorai di Marx e famiglia. Lasciai il mio primo ragazzo, che credo non me l'abbia mai perdonata anche se sono passati trent'anni, e avrebbe ragione. Se la ragazza che ami ti lascia mentre tua madre sta morendo di cancro non hai tanti motivi per averne un buon ricordo.

Non andai al funerale di sua madre, né a quello di

suo padre che morì qualche anno più tardi, mentre lui venne a quello del mio, cinque anni dopo che ci eravamo lasciati, anche se io piangevo tanto che di quel giorno non ricordo niente.

Da allora con la mamma iniziò la guerra.

Lasciando Fernandel dovevo averle distrutto un sogno: mi immaginava sposata a Castello, con lei e il babbo che andavano in pensione e si trasferivano a Villa Annalena, il loro progetto per la vecchiaia.

Non importava che la *genealogia* di Fernandel non fosse granché: il fatto che fosse di Castel San Pietro lo rendeva pari a *un principe*.

In effetti sarebbe stato bello per lei se avessi amato per sempre Fernandel, se non fossi stata così inquieta ma una ragazza tranquilla che insegnava Lettere in un liceo di Bologna – dove sarei potuta arrivare in pochi minuti di treno, senza nemmeno salire su una pericolosissima macchina –, sarebbe stato bello se nella vita le avessi fatto più compagnia. Era lecito che ci sperasse.

Invece io cominciai a uscire con i compagni di classe della Fgci, ad andare alle assemblee e ai cineforum, a occupare la scuola.

Avevo ereditato la stanza di mia sorella, che quattro anni prima aveva sposato *Stufilino*. L'avevo personalizzata oscurando la vetrata che la divideva dalla veranda di mio padre con il manifesto di una frase di Wittgenstein: "Di tutto ciò di cui non si può parlare, si deve tacere". Nonostante la frase mi affascinasse, io facevo esattamente il contrario: passavo le giornate a discutere con mia madre. Ascoltavo Guccini e De André sul giradischi Technics di seconda mano ereditato da Fernandel. La mia canzone preferita era *La Giacca* di Claudio Lolli. Diceva: "Bisogna andare fino in fondo, in fondo a tutto, in fondo a noi, in fondo agli argini del mondo, alla paura che mi fai... In fondo dove non troveremo nemmeno un'ombra per riposarci, in fondo dove sarà fatica, sarà sudore esser sincero".

Io volevo andare fino in fondo, in fondo a tutto. Avevo capito che quella era la mia strada, andare in fondo alle cose, specialmente se mi facevano paura. Non potevo più farne a meno. Non avevo scoperto solo la politica, ma anche la mia identità, che mi sembrava improvvisamente così diversa da quella dei miei, e soprattutto da quella di mia madre, che scoprivo imprigionata nel suo sistema di ansie, paure, sensi di colpa e strade tracciate.

Abbandonai i sandali col tacco e mi comprai un paio di Clarks beige.

Quando inizia un nuovo film, si parte dalla prova costumi. E i costumi giusti per me ora erano pantaloni di velluto a coste e maglioni larghi comprati al mercato dell'usato.

Il peggiore degli incubi di mia madre aveva preso corpo: ero diventata comunista.

Da allora non mi sono più voltata indietro: lo faccio adesso per la prima volta dopo trent'anni.

Non mi sono voltata indietro, ma i primi tempi della mia svolta a sinistra, una svolta prima di tutto esistenziale, cercai di ragionare con mia madre su ogni cosa. Quelli erano gli anni del dialogo e dei collettivi. Io ci credevo e cercavo di applicare anche a casa le regole delle assemblee.

Fino a che sono rimasta con lei, un paio d'anni dopo la maturità, ho cercato il confronto, o forse cercavo solo di convincerla a pensarla come me, chi se lo ricorda. Ricordo solo che ogni pranzo e ogni cena erano discussioni continue ed estenuanti, nelle quali non trovavamo nessun punto d'accordo, perché ormai la pensavamo in modo completamente diverso su tutto.

L'ultima volta

L'ultima volta che ho visto mia madre è stata due settimane prima che morisse.

Era fine febbraio, ci eravamo incontrate a Natale e, dal momento che cercavo di non stare mai più di due mesi senza farle vedere i bambini, l'avevo convinta a lasciarsi andare a prendere a Ferrara da un autista.

Fino a due o tre anni prima veniva a Milano da sola, in treno, ma negli ultimi tempi faceva con fatica i gradini troppo alti. Allora avevo trovato un signore che ogni tanto andava a prenderla a Ferrara e l'accompagnava a Milano, quando non potevamo andare noi da lei.

Convincerla era sempre un'impresa: anche se ne aveva voglia, creava mille difficoltà. O faceva troppo freddo perché potesse andare dalla parrucchiera, perché di venire con la testa in disordine non se ne parlava, o non era dell'umore giusto, o era troppo stanca, o secondo lei io non avevo messo abbastanza calore nell'invito.

Servivano sempre parecchie telefonate, e parecchi giorni, per convincerla, ma in ogni caso poi quando arrivava non si fermava mai più di due notti, voleva subito tornare a casa. Era inconcepibile per lei rimanere da noi a Milano se io dovevo uscire per andare al lavoro: sarebbe stata troppo *in pensiero*.

Si fermava solo sabato e domenica e al massimo ripartiva il lunedì mattina, prima che io uscissi.

Quando arrivava, la prima cosa che faceva era scaricare addosso ai bambini i regali che si procurava sempre più faticosamente, trottando a piedi fino in centro, a Ferrara. Aveva ancora il cappotto addosso e gli voleva dare subito i pacchetti: io mi irritavo perché non aspettava mai il momento in cui ai bimbi avrebbero fatto più piacere, ma doveva seguire subito il suo impulso, anche se c'era già il pranzo in tavola o i bambini erano distratti da altro.

Seguire l'impulso è sempre stata la sua regola di vita, da me la più criticata e la più sofferta, anche se oggi lodo il valore della spontaneità. Ma la mamma esagerava. I suoi impulsi venivano prima di ogni altra cosa: che fossero fare un'urlata, sbaciucchiare un bambino fino a soffocarlo, telefonarmi tre volte mentre ero in una riunione o bere un bicchiere di vino anche se aveva preso una medicina che non lo avrebbe permesso. Non era capace di rimandare un gesto che le veniva istintivo nemmeno se era consapevole delle conseguenze che il momento sbagliato comportava, fosse un abbraccio rifiutato, una telefonata troncata o le chiazze rosse che le venivano in faccia per il bicchiere di vino bevuto con la medicina.

Anche i regali erano comprati precipitosamente e spesso sbagliati, soprattutto da quando Ludovico era cresciuto e lei gli prendeva ancora giocattoli con i quali non avrebbe mai giocato. Regalava anche vestitini che trovavo orrendi perché pieni di scritte, strass e colori accesi, però quelli i bambini li apprezzavano, e li portano ancora.

Nei periodi peggiori, durante le visite parlava pochissimo e aveva spesso lo sguardo fisso e triste. Si rallegrava a tavola, soprattutto al ristorante, poi si rincassava nelle spalle, le labbra piegate all'ingiù, e stava sul divano a fissare il televisore senza guardarlo.

Nei periodi migliori invece chiacchierava, era abbronzata, voleva uscire con me per regalarmi qualcosa, raccontava delle sue conoscenti e faceva battute.

Il suo argomento preferito con gli altri era la mia cattiveria, sulla quale metteva in guardia fidanzati e mariti. *E pensare che da piccola era così buona*. Poi improvvisamente mi abbracciava e diceva che ero *bella buona brava simpatica e intelligente*, come oggi io dico ai miei bambini, e che *quando aveva avuto veramente bisogno io c'ero sempre stata*.

Il suo periodo migliore era l'estate, quando stava al mare al Lido degli Estensi da giugno a fine settembre. Andavamo da lei per il suo compleanno il 1° luglio e la trovavamo già molto abbronzata, con un paio di sandali e un copricostume nuovi che comprava ogni anno appena arrivata, al mercato o in qualche negozietto. Con la sua statura e la sua carnagione scura qualsiasi cosa le donava, e anche gli ultimi anni, nonostante fosse molto invecchiata, tutti la notavano per il suo incedere: schiena dritta e borsetta infilata al braccio, con un'eleganza che non ho mai saputo imitare.

Le portavamo un regalo e andavamo a mangiare il pesce, che le piaceva moltissimo, a Comacchio o a Porto Garibaldi. Faceva scorpacciate di canocchie, cozze e capesante e digeriva tutto, molto più di me e mia sorella. Beveva volentieri, solo vino bianco, e dopo pranzo un limoncello o un sorbetto alla vodka. I suoi dolci preferiti erano il crème caramel e la zuppa inglese: quando c'erano non se li negava, anche se aveva già mangiato molto.

Ci divertivamo in queste gite al Lido degli Estensi: i bambini vedevano cose che nei posti dove andiamo noi in vacanza nemmeno si sognano, come le sale giochi, i risciò, gli scivoli gonfiabili, le altalene colorate e la spiaggiona di sabbia invece di quelle striminzite di sassi o rocce dove li portiamo noi.

Quando Ludovico aveva tre anni provai a mandarlo una settimana suo ospite, a luglio, con la baby-sitter, mentre io ero ancora a Milano a lavorare. Fu un disastro.

La mamma detestò la baby-sitter, che era una ragazza brava e serissima, colpevole solo di non mangiare volentieri il formaggio e i pomodori, e le fece mille dispetti. Non lo mandai mai più.

È sempre stata così la mamma, schiava del suo brutto carattere: non si godeva i nipoti perché non era in grado di accudirli, di anteporre le loro esigenze alle sue, e poi si lamentava di vederli poco.

Ma quando c'eravamo tutti, e non doveva fare nulla per loro, era felicissima e ogni tanto li abbracciava stritolandoli, gli dava troppi soldi e gli comprava le solite felpe con le scritte e tutti i giochi, le palline, i giornalini e le scemenze che riusciva a trovare.

Loro erano entusiasti di questi weekend al mare dalla nonna, a patto che non li lasciassimo mai soli con lei, che intuivano essere un po' matta, simpatica ma pericolosa, e gli piaceva ma le stavano alla larga.

La mamma non riusciva a convivere con nessuno, nemmeno con il suo gatto Alonzo, che bistrattava afferrandolo per le zampe e lanciandolo in veranda quando voleva chiuderlo per la notte, salvo poi rimpinzarlo di cibo e soffocarlo di carezze. Anche Alonzo era stato preso *senza guardare*: un colpo di fulmine passando davanti alla vetrina di un negozio di animali. Ci raccontò che si era arrampicato nella gabbia dove stava con la sorella e l'aveva chiamata miagolando, e lei non aveva resistito.

Alonzo si chiamava così in onore di un gatto conosciuto in Spagna nel 1969, durante un viaggio estivo. Non eravamo mai arrivati a Madrid perché a Saragozza il radiatore della Millecinque aveva cominciato a fumare. Allora ci eravamo diretti in Costa Brava, a Tossa de Mar. In macchina i miei cantavano, intonatissimi:

> Bela burdela fresca e campagnola
> daj occ' e dai cavel com e' carbòn,
> da la boca piè rossa d'na zarzola
> te t'sì la mi' passiòn.[1]

E il babbo in assolo, in omaggio alla Spagna:

> Valenza, t'è la panza totta granza,
> che s'impeja un sulfanein.[2]

Nel garage dell'albergo di Tossa de Mar leggemmo un cartello che diceva: "*Por favor tener el coche abierto*".

[1] Bella ragazza, fresca e campagnola, con gli occhi e i capelli neri come il carbone e la bocca più rossa di una ciliegia, tu sei la mia passione.

[2] Valencia, hai la pancia tutta grinze, tanto che ci si può accendere un fiammifero.

Dentro al nostro *coche* venne subito a sdraiarsi un gatto rosso, grasso e simpatico, che immediatamente chiamammo Alonzo. Ci piaceva tanto che avremmo voluto portarlo in Italia, se non avessimo temuto lo sdegno e le ire di Micione, che era rimasto a Castello con la nonna Atala.

L'Alonzo ferrarese fu chiamato dalla mamma così in ricordo del gatto spagnolo, che non aveva mai dimenticato. Divenne un bellissimo gattone con meravigliosi occhi azzurri, tondi e sgranati, che ti fissavano un po' troppo intensamente. A causa di quegli occhi inquietanti e del suo comportamento scorbutico, dicevamo alla mamma che era alienato per le sue angherie, e che bisognava portarlo dallo psicologo, anche perché guardava troppa televisione. La mamma alzava le spalle e ci diceva *cretineee stupideee*, che lui era normalissimo, che lei lo curava anche troppo, che a lei voleva molto bene, che noi non lo capivamo.

Noi lo capivamo eccome, anzi, lo compativamo e lo chiamavamo *il martire*, perché stava tutto il giorno solo con la mamma, che lo sgridava di continuo. Quando erano in buona lui le si appallottolava in grembo e lei accarezzandolo gli parlava: «Chissà chi era la tua mamma», «E tua sorella chi l'avrà presa?», «Certo che lei era molto più buona, dovevo scegliere lei», «Se non ti avessi preso io, poverino, come saresti finito?».

«Meglio!» rispondevamo noi in coro assistendo a questi monologhi. Lui la fissava con i suoi grandi occhi tondi, riconoscente per i discorsi e le carezze, poi tornava al suo posto sul divano e ricominciava a guardare la tv con aria traumatizzata: vivere con la mamma doveva essere un inferno. Solo Micione, gatto d'altri tempi, era resistito ben ventun anni.

Di Micione dicevamo che si era talmente abituato a cavarsela, nonostante, anzi, a causa delle disattenzioni della mamma, che avrebbe potuto aprirsi le scatolette da solo. Per farlo arrabbiare, quando abitavamo ancora tutti insieme e al sabato partivamo per Castello, gli dicevamo: «Micione, prepara la valigia». Lui dopo un istante era già sparito, mimetizzandosi nei modi più impensati: una volta straccio per i pavimenti, un'altra terriccio di un vaso in terrazza, un'altra tappetino sotto un armadio.

Fino a ieri i gatti di famiglia erano Janis, chiamata così in onore di Janis Joplin da mia nipote Silvia, quella delle dilatazioni tribali nei lobi, e la micia Cassia, trovata a Roma da sua sorella Annalena. Gattine deliziose, ma nessuna di loro può nemmeno lontanamente competere con la personalità di mio fratello Micione, il capostipite.

Potrebbe forse farcela Barack, il gattino tigrato che abbiamo scelto per via dello sguardo triste nella vetrina di un negozio di periferia, pochi mesi fa. In una settimana quello sguardo triste si è trasformato in una grinta da teppista: il gatto sembra avere carattere.

Delle visite che le facevamo al mare, la più piacevole era quella di settembre, quando tornavamo a trovarla dopo le nostre e le sue vacanze. Il cielo di settembre era trasparente, la spiaggiona con gli ombrelloni semideserta, lei abbronzatissima e contenta di un'estate in cui aveva fatto vita di spiaggia, chiacchierando con i vicini di ombrellone, ed era andata ogni tanto al cinema o a mangiarsi una pizza da sola sotto casa. Aveva anche qualche amica, ma loro giocavano a carte – cosa che lei detestava – e preferiva stare sotto al solleone anche alle due del pomeriggio, nonostante io e Donatella le dicessimo continuamente che così le sarebbe venuta un'insolazione.

Pranzava spesso al Bagno, con un piatto di pasta o di pesce fritto, dicendo poi che erano *pesantissimi* e *carissimi* ma senza lasciarne mai una briciola, e bevendo a volte il suo bicchiere di vino bianco anche se c'erano più di trenta gradi.

Mia sorella andava al mare allo stesso Bagno e cercava di *custodirla*, ma era impossibile: lei voleva fare tutto di testa sua, ed era impensabile convincerla ad avere abitudini più prudenti.

Ogni tanto sparlava di Donatella con i vicini di ombrellone, per fare la simpatica e non cadere nel cliché della nonna ma dimostrare la sua personalità originale, che era molto evidente a tutti. Tutti infatti la trovavano simpaticissima e al suo funerale c'erano anche di questi amici d'ombrellone, con i quali aveva chiacchierato per mesi, d'estate, o era rimasta muta ad ascoltare a seconda dell'umore, senza mai proteggersi dal sole cocente.

A settembre, quando andavamo a trovarla, sembrava un capo indiano: scurissima, i capelli che tingeva ancora di nero a ottant'anni e il solito piglio da *capa di tutte le maestre*, come la chiamavamo Donatella e io.

Era l'ultima ad andarsene dal Lido e ritornare a Ferrara, a volte rimaneva al mare fino a metà ottobre.

Al telefono poi si lamentava: «Ci sono solo io, è

tutto chiuso, ho paura», ma mia sorella non riusciva a convincerla a tornare.

Finché è stato vivo Alonzo c'era anche il problema di *prendere il gatto*, perché lui come Micione non amava andare in automobile. Quando vedeva le valigie si nascondeva sotto il letto e Stefano doveva acchiapparlo per metterlo in macchina, dove poi miagolava disperatamente per tutto il viaggio. Per la mamma il problema di *prendere il gatto* era, come tutte le cose pratiche – pagare l'Ici, ritirare la pensione –, un'impresa drammatica, a volte disperata, un'operazione estenuante da rimandare il più possibile.

Per sfogare le sue terribili tensioni prima di ogni viaggio, o di qualunque situazione che potesse essere fonte di stress, finiva per arrabbiarsi e litigare con noi, anche se l'evento stressante era un nostro esame, anzi, soprattutto in quel caso. Finché abbiamo abitato insieme, ma anche dopo, ricordo i litigi che hanno sempre accompagnato i nostri esami e ogni altro evento minimamente impegnativo, i nostri matrimoni compresi. Arrabbiandosi, e litigando, si sfogava e affrontava con meno ansia viaggi, esami e valigie. E nonostante noi conoscessimo alla perfezione il meccanismo, ogni volta ci cascavamo e finivamo per litigare, arrivando agli esami o ai viaggi esauste.

Riconosco che oggi tendo a fare la stessa cosa e, anche se ho più capacità di autocontrollo di lei, i preparativi mi innervosiscono. Non ho mai imparato completamente a gestire lo stress: spesso anch'io rincaro la dose e tendo ad ammalarmi o a litigare con chi mi capita a tiro.

I bambini cerco di risparmiarli: passi ripetere gli

errori dei genitori, ma nel mio caso sarebbe troppo. Tengo per me anche le ansie per i loro spostamenti e li sollecito a partire, fare vacanze da soli e pericolosi bagni in mare senza nemmeno la cuffia di plastica in testa.

L'ultimo fine settimana che la mamma è venuta a Milano è stato diverso dagli altri. Da parecchi mesi era di umore migliore, più leggero, non so se io fossi più gentile perché lei era meno aggressiva o viceversa.

Da tempo mi sforzavo, e ormai non mi costava neanche più, di fare conversazione ogni mattina, di essere sempre più paziente e affettuosa.

Quell'ultimo fine settimana non ho dovuto pregarla per farla venire, ha accettato subito senza le solite difficoltà.

Avevo invitato a pranzo anche i miei cugini Marco e Marinella che abitano a Castel San Pietro e Marinella aveva portato una teglia di lasagne alla bolognese per la mamma. Lei è arrivata poco prima di pranzo, rovesciando addosso ai bambini le solite felpe con le scritte e pantaloni con i brillantini.

È stato un pranzo allegro, nella grande cucina della casa nuova.

C'era anche Roberta, la fidanzata di Marco che la mamma non aveva ancora incontrato, ed era molto curiosa di vedere. L'ha trovata simpatica e ne ha molto raccontato a Donatella quando è tornata a Ferrara. Dopo pranzo i cugini sono partiti e la mamma si è riposata sul divano, ma senza labbra all'ingiù.

Poi siamo uscite con i bambini, per fare un giretto

in centro, ma le ginocchia le facevano male e siamo arrivati solo a una cartoleria vicino a casa, dove è riuscita a comprare a Emilia delle forcine colorate a forma di rana.

A cena ha mangiato una quantità enorme di squacquerone, il suo formaggio preferito, che Marinella aveva portato da Castel San Pietro.

Non ricordo cosa abbiamo fatto la sera. Lei ha dormito in camera di Emilia, nel letto a castello di sotto, e al mattino dopo si sono svegliate insieme.

Io e Ludovico siamo andati al mercato dell'antiquariato che c'è sui Navigli una volta al mese: lui di solito compra minerali e giornalini usati, io qualche cianfrusaglia. La mamma invece è andata al parchetto dietro casa con Emilia e Luca, perché Emilia voleva mostrarle le acrobazie che sa fare agli anelli. Ci siamo dati appuntamento per pranzo in un ristorante vicino ai Navigli con la mia amica Nicoletta e suo padre, un architetto coetaneo della mamma con una giovane moglie romagnola, con la quale la mamma ha molto chiacchierato, mangiando con il solito appetito e prendendo anche un favoloso dolce al cioccolato che io non avrei avuto mai il coraggio di ordinare.

Al pomeriggio Luca e io siamo usciti per un'ora e lei è rimasta in casa sola con i bambini.

Ludovico al ritorno ci ha raccontato molto eccitato che la nonna si era seduta sul divano basso in camera sua, una specie di grande puff, e poi non era più riuscita ad alzarsi, finché lui non l'aveva rimessa in piedi facendo leva su dei cuscini.

Era fierissimo di questa impresa e ho immaginato una scena di grande concitazione e divertimento:

sono contenta di averli lasciati soli e avergli fatto vivere quell'ultima avventura insieme.

Avrei dovuto farlo di più, di lasciarli soli con lei, anche se protestavano. Si sarebbero divertiti, e avrebbero capito meglio quella nonna bizzarra.

Il mattino dopo era lunedì e abbiamo accompagnato insieme Emilia alla scuola materna.

Era la prima volta che la nonna ci veniva.

Abbiamo camminato piano, lungo il viale alberato. Era una bella giornata di sole, Emilia le dava la mano. Arrivati a scuola, per non farle salire le scale, ho lasciato la mamma in compagnia del bidello mentre portavo la bimba al piano di sopra.

Quando sono scesa lui l'aveva rispettosamente fatta sedere nel salone d'ingresso. Stava là, nell'unica sedia del grande atrio, con la borsetta sulle ginocchia, a guardare mamme e bambini che entravano. Deve essersi sentita molto vecchia in quel momento.

Siamo andate a bere un caffè al bar di fronte alla scuola e le ho presentato qualche mamma dei compagni di Emilia, poi siamo tornate lentamente a casa.

Eravamo serene e affettuose, come sempre prima della separazione, momento in cui cercavamo di dare il meglio per recuperare eventuali screzi delle ore precedenti, che però quella volta non c'erano stati.

Siamo salite in casa a prendere la sua borsa, leggerissima perché non portava quasi nulla con sé, a parte i regali, poi l'ho accompagnata di nuovo al portone. L'autista era arrivato: un pensionato di nome Angelo che in quei viaggi si era molto affezionato alla mamma e al suo funerale si presentò per primo, singhiozzando forte.

Angelo l'ha fatta sedere accanto a lui, sistemandole i piedi su un cuscino perché stesse più comoda.

Ci siamo salutate con due baci e poi sono rimasta ad agitare la mano finché è sparita.

Era lunedì mattina. Due lunedì dopo, a mezzanotte, è morta. Non l'ho più rivista, se non sul tavolo dell'ospedale, tutta blu.

Io sono nata

Io sono nata negli anni Sessanta. Loro, all'inizio del secolo: 1914 lui e 1923 lei.

La Gianna aveva quasi quarant'anni quando *mi ha messo al mondo*. Vico quasi cinquanta.

A quei tempi non usava fare figli tardi, come adesso: a loro è capitato per caso, come quasi tutto nella vita, anche se amavano molto i bambini piccoli e non c'era neonato a cui non facessero mille complimenti e che non volessero prendere in braccio. Il babbo li chiamava tutti *Piretto*. Me fino ai due anni mi ha chiamata *il Piretto piccolo* e *Dariotto piccolo*, mia sorella era invece *il Nanà*. Il babbo diceva sempre che era contentissimo di avere avuto due figlie femmine e gli dispiaceva che diventassimo grandi, avrebbe voluto che restassimo sempre piccole e, se proprio dovevamo crescere, avremmo dovuto sposare lui.

A scuola ho sempre avuto i genitori più anziani, ma allora i genitori erano tutti uguali: più o meno autoritari e più o meno autorevoli.

Figli di sessantottini ne ho frequentati solo da

adulta, e allora ho capito che sono diversi da me. Meglio o peggio non lo so, ma diversi. Più sicuri, più pigri, più leggeri. Figli della fine del Novecento, e io dell'inizio: io cresciuta con il libro *Cuore*, loro con Rodari.

In mezzo, un mondo, anche se siamo nati a pochi anni di distanza.

Credo di avere avuto la peggiore educazione possibile: apprensiva, irrazionale e conservatrice.

Un comportamento tipico della mamma era fare una sfuriata, magari darmi una sberla e poi, pentita, portarmi a spasso e comprarmi un regalo.

Sono cresciuta con la convinzione che amore e dolore siano inscindibili l'uno dall'altro: un'impronta impossibile da cancellare, ma che cerco di non trasmettere. Se ci riesco, non lo so.

Perché nessuno mai ti dice, quando sei ragazzino, che anche se la mamma rotea gli occhi e urla come una pazza non è veramente pazza e non lo diventerà mai, e nemmeno tu diventerai pazzo come lei. Per anni ho avuto il terrore che mia madre potesse perdere la ragione, e io con lei. Ora so che una madre stressata e nervosa può ululare e ringhiare e dare sberle ma non per questo impazzirà.

Ma quante angosce di meno, se lo avessi capito prima.

Calore

A me però la mia infanzia è piaciuta.

C'era calore in quel caos di emozioni: non c'è stato un giorno della vita con i miei in cui non l'abbia sentito.

Lo sento anche adesso che non ci sono più: mi scalda e mi riempie.

Da piccola ho impiegato la solitudine della figlia di madre ansiosa per imparare a memoria ogni libro trovato in casa: i classici russi e francesi della Bur comprati dalla mamma ai tempi di Ca' Foscari erano ancora in circolazione. E io ne leggevo uno al giorno con grande soddisfazione.

Tutti i pomeriggi poi, dopo che si era ripresa dallo sfinimento della scuola, la mamma mi portava fuori, a vedere le vetrine.

A Ferrara, alla fine degli anni Sessanta, vetrine ce n'erano poche, quindi finivamo per fare un giro all'Upim o, quando l'hanno aperto, da Coin, che in confronto all'Upim sembrava un posto di gran lusso.

Uscivamo a piedi: da casa nostra al centro ci voleva un quarto d'ora, di buon passo.

Un pezzettino di via Darsena, poi corso Isonzo, a destra per via Garibaldi ed eravamo in piazza dei Martiri, dove c'è la cattedrale con i leoni di marmo davanti.

La stessa strada che poi lei ha fatto tutta la vita per andare al supermercato o a comprare un maglione per il mio compleanno, una felpa per i nipoti, una gonna per sé, che ultimamente faticava a trovare *perché oramai i negozi normali non esistono più.*

Casa nostra era all'ultimo piano di un brutto condominio di via Darsena e aveva una vista meravigliosa sul canale Volano. Ci voleva tutta la mancanza di oculatezza dei miei per scegliere un appartamento così brutto allo stesso costo per il quale, a quei tempi, avrebbero potuto comprare una casa di cotto ferrarese il cui valore si sarebbe decuplicato negli anni.

Ma quell'appartamento aveva un grande terrazzo, ideale per metterci la tartaruga Geltrude, il pesce Stefano e il cane che mio padre voleva prima che si insediasse in casa Micione, incline a cadere in depressione ogni volta che il babbo arrivava con un cucciolo. Dopo pochi anni del regno di Micione il babbo rinunciò al cane.

Stravedeva per i cani, specialmente per i bastardi. Più erano brutti e più gli piacevano: li chiamava tutti *Giovanni*.

Ogni volta che incontrava un bastardino per strada lo salutava con un affabile *ehi, Giovanni!* e quello gli saltava in braccio come se avesse ritrovato il padrone cercato per anni.

Donatella mi ha detto che, quando sono nata io, i miei genitori decisero di comprare casa e dovettero scegliere tra una in centro, in una bella zona antica, e quella che hanno poi preso, in semiperiferia, che però aveva un gran terrazzo. Naturalmente il babbo scelse quest'ultima, ma pochissimi anni dopo gli costruirono un palazzo più alto proprio appiccicato, murando il terrazzo per tutta la lunghezza.

Ormai il terrazzo era sfumato, decisero così di trasformare quello spazio in due verande: una divenne camera mia, l'altra lo studio del babbo. Del terrazzo pre veranda ho un vago ricordo: era disordinato, pieno di vasi di piante vuoti e di sole. La tartaruga Geltrude ci spariva per mesi.

Ho una foto di Micione giovane, su quel terrazzo, accovacciato dentro un vaso pieno di terra, lo sguardo verde chiarissimo e serio e il pelo folto, mentre negli ultimi anni, ne ha vissuti ben ventuno, era spelacchiato e malconcio.

La casa di via Darsena era piccola, calda d'estate e fredda d'inverno, piena di luce e molto allegra: fino ai dieci anni io ho dormito beatamente sul divanoletto di velluto giallo del soggiorno.

Era bello vivere così, un po' accatastati. Mangiare in cucina, senza televisore, e poi andare in soggiorno a guardare il film del lunedì, il quiz del giovedì, il varietà del sabato, lo sceneggiato della domenica.

Il babbo, da quando fu costruita la veranda, guardava la televisione solo ogni tanto perché stava *di là* a fare gli ordini o a sistemare la collezione di francobolli, ma noi tre ogni sera fino alle dieci la vedevamo insieme, sgridando Micione quando lasciava cadere la coda davanti alla faccia di Ugo Pagliai ne "La baronessa di Carini".

Ogni pomeriggio invece, verso le cinque, la mamma e io uscivamo insieme, tenendoci per mano. Ho ricordi imprecisi della mia vita dai vent'anni a oggi ma ricordo perfettamente le righe della pavimentazione di pietra di piazza Municipio, che saltavo per non calpestarle tenendo stretta la mano della mamma.

Andavamo sempre a mangiare una pastina in pasticceria. Non ricordo più i nomi delle vie di Ferrara, ma quelli delle pasticcerie sì: la nostra preferita era Covi, dove io sceglievo un pezzo di ciambella al cioccolato che mia madre chiamava misteriosamente *la fetta scura*.

La sento ancora domandare alla commessa *un bignè alla crema per me e una fetta scura per la bambina*.

Se lo era inventato lei, naturalmente, quel nome. La pasta si sarà chiamata in qualche altro modo, ma non l'abbiamo mai saputo. Né io né lei ci siamo mai sognate di chiederlo: la mamma ci teneva al suo sguardo impreciso sulle cose.

Una volta, nel viaggio da Ferrara a Castello, in una sosta per far benzina a Sant'Antonio di Medicina Micione scappò dalla macchina e noi quattro ci precipitammo a cercarlo; lei girò tutto il paese domandando *avete visto un gatto verde scuro?* Micione era grigio-marrone, con la pancia beige, ma lei sosteneva fosse *verde scuro* e non c'era modo di farle cambiare idea.

Così come chiamava *fiamminga* il piatto di portata o diceva *mi fai venir su la fotta*, oppure *mi uzzi*, se la facevi arrabbiare.

Ho smesso di *uzzarla* e di *farle venir su la fotta* giusto pochi mesi prima che morisse, per fortuna.

Man mano che invecchiava, per lei ero sempre

meno *palliduzzi* e sempre più *la più bella del mondo a fare il giro due volte. Dicono che ce ne sia una così bella solo a Honolulu*, come mi ripeteva da bambina.

Vent'anni fa ci sono stata a Honolulu, in uno stop-over per le Isole Figi. Ero sola. Dormii in un albergo sulla spiaggia e passai una bella giornata al mare, in attesa del piccolo aereo che mi avrebbe portata a Viti Levu.

Di sicuro le ho telefonato anche da lì, ma non so se le ho mai detto che ero a Honolulu e che belle bambine in giro non ce n'erano, solo hawaiani grassi e turisti giapponesi.

Non le ho detto un sacco di cose, ma tanto lei *se le sentiva*.

Di sicuro ha sentito anche quanto l'ho amata, quanto continuo ad amarla, quanto la amerò sempre.

Anche ora che provo a raccontarla devo difendermi da lei, stavolta dalla sua assenza.

Non posso pensarla a lungo. Mi manca. Devo costruire una distanza di parole che tengano a bada le emozioni.

Se mi distraggo, se non sto attenta, la sua mancanza mi investe come un'ondata di caldo o una musica improvvisa. Sovrappensiero spruzzo un profumo che mi ha regalato, il suo regalo di Natale, e improvvisamente lei è lì. Con la sua pelle abbronzata, l'ansia, il suo calore, l'odore della pelle, gli occhi neri; è lì che mi sovrasta, mi avvolge, mi toglie il fiato, mi riempie.

Conclusione e ringraziamenti

Il primo capitolo *Orfani adulti* uscì sul settimanale con il quale collaboro. Me lo domandò con delicatezza il direttore, pronto a un rifiuto che, se fosse passato più tempo dalla morte della mamma, per pudore ci sarebbe stato.

Ma lui me lo chiese proprio nel momento del dolore sfrontato, quello in cui, come quando sei innamorato di fresco, non riesci a parlare d'altro e a pensare a nient'altro. Ringrazio quindi Luca Dini perché senza la sua intuizione forse questo libro non ci sarebbe stato.

L'articolo uscì, mi scrissero molti lettori. Uno, di cui non ricordo il nome e forse neanche si firmò, buttò lì: "Scrivi un libro, Daria".

Era la frase che aspettavo. Il primo romanzo l'avevo scritto in seconda elementare, s'intitolava *Illusioni perdute* ed era la storia di due innamorati che si davano appuntamento a Londra per lasciarsi. Lo scrissi nel 1968: rimase molti anni nel famoso cassetto della mamma, quello da cui sono usciti il suo libretto universitario, il libriccino con le dediche delle sue compagne di terza F e tante fotografie. Poi è sparito, come le lettere del cugino Brunetto, quello diventato impotente per il morso del cane idrofobo.

Del resto, erano solo nove pagine.

Da tanto però sentivo il bisogno di scrivere della mia famiglia, forse da allora, ma non ne ho mai avuto il coraggio. Ringrazio allora il Lettore Ignoto, che mi ha spinto a farlo.

Prima di mandare l'articolo sugli *Orfani adulti* al giornale lo feci leggere a mia sorella Donatella, chiedendole l'autorizzazione a scrivere di una cosa nostra così intima, e le domandai se le piaceva o le sembrava troppo retorico e sentimentale. Lei mi rispose che dovevo pubblicarlo e anzi continuare a scrivere *senza guardare*, come la mamma con l'arrosto.

Da quel giorno abbiamo cominciato a scambiarci mail su mail con le rispettive scoperte genealogiche, in un *furentismo* che ci ha appassionato per mesi.

Ringrazio Donatella, alla quale questo libro – che non avrei potuto scrivere senza di lei – è dedicato. Ancor più che per il libro la ringrazio perché esiste.

Ascolta, Tella: già avere una sorella mi sembra una gran fortuna, ma avere una sorella come te è una grazia. Ho riso e continuo a ridere fino alle lacrime per le tue battute. Letteralmente. Dovevi fare l'autore comico, invece che l'insegnante di Lettere, ma forse non ti avrebbero fatta santa, come aspiri a diventare tu.

Hai visto che non ho scritto le cose che temevi, vecchia Sò?

Non ho rivelato di quando da piccola leggevo di nascosto il tuo diario e ci trovavo scritto *ho bardato Melania come un cavallo e l'ho portata dal pediatra*, non ho scritto di quando i nostri genitori uscivano e mi terrorizzavi nascondendoti dietro alle porte e balzando fuori urlando *non sono la Tella, sono la Tigre,* che ancora adesso urlo e sobbalzo se in casa qualcuno sbuca all'improvviso e prima o poi mi verrà un colpo.

Non ho scritto che ci descriviamo sempre come *grasse dure, gialle patocche e con la barba,* e che ogni anno diciamo che *al mare stavolta non metteremo il costume ma una vestaglietta.*

Tanto, *io non ci sarò.*

Il primo a cui ho chiesto se quello che stavo scrivendo sembrava degno o indegno è stato Raul. A lui ho mandato *Micione la coda,* temendo il peggio, invece mi ha risposto stupito che gli sembrava buono. Grazie, Raul.

Ma Raul è un amico, e non mi fidavo. Non mi fido mai di chi dice che faccio qualcosa bene, e adesso che ho scritto del trattamento sberla-regalo che ho avuto da piccola, forse capisco il perché.

Allora ho cercato qualcuno che avesse fama di molto esigente e ruvido, una persona che non conoscevo e a cui anzi, in passato, avevo fatto un mezzo sgarbo. Se piace a lui, mi sono detta, forse posso andare avanti.

Mi ha detto di continuare. Non solo, mi ha guardato dentro come se invece di un editor fosse una levatrice o un oracolo, e ha visto quello che nemmeno io sapevo che ci fosse. Il ringraziamento più grande, Antonio, va a te.

Grazie anche a Gianni per la bibliografia che non

ho usato e al professor Fausto Curi, esperto di Corrado Govoni; grazie ad Alessandra, lettrice severa, a Rosaria per il grande sostegno, ad Adriano che ha raddrizzato tutti gli apostrofi e a Giulia e a Salvatore che si sono appassionati. Grazie a Gabriella che mi ha messo la pulce nell'orecchio e soprattutto grazie a Marilena.

Grazie ai parenti che ho citato e a quelli che non ho citato, nella speranza che né gli uni né gli altri si dispiacciano di qualcosa che ho scritto o non ho scritto.

Infine, grazie a Luca.

Perché, nonostante io sia *besctia ed egoiscta,* mi ama.

Indice

Arnoldo Mondadori Editore S.p.A.

Questo volume è stato stampato
presso Mondadori Printing S.p.A.
Stabilimento Nuova Stampa Mondadori - Cles (TN)

Stampato in Italia - Printed in Italy